# आत्मरक्षा...

## मेरा हक़ किसी भी कीमत पर

एडवोकेट रविन्द्र सिंह लाम्बा

सम्पादक: प्रियंका लाम्बा

pblishing.com
write · share · connect · publish

An Imprint of

MAPLE PRESS PRIVATE LIMITED
office: A 63, Sector 58, Noida 201 301, U.P., India
phone: +91 120 455 3581, 455 3583
email: info@maplepress.co.in
website: www.maplepress.co.in

आत्मरक्षा... मेरा हक् किसी भी कीमत पर *by* रविन्द्र सिंह लाम्बा



ISBN: 978-81-94130-0 0-0

10 9 8 7 6 5 4 3 2 1

Cover Design @ Priyanka Nagpal

# समर्पित

## "मेरे पूजनीय पापाजी को"

यह रचना मेरे पूजनीय पापाजी, मेरे आदर्श और मेरे Hero, स्वर्गीय "श्री बलदेव सिंह जी लाम्बा" को समर्पित है। जिन्होनें मुझे यह परवरिश दी कि मैं पीड़ित, प्रताड़ित की वेदना को समझ सकूँ और अपने ज्ञान व समझ से अपने स्तर पर उस समाज को कुछ लौटाऊँ। जिसने मुझे अच्छा जीवन जीने का आधार दिया और मेरे लिए समानता व सफलता का मार्ग प्रशस्त किया...

◆◆◆

*"मैं अपने दिल की गहराई से उन सबको नमन करता हूँ और उनका आभार प्रकट करता हूँ, जिन्होंने हमेशा मुझमें विश्वास जताया। मुझे बेहद प्यार और सम्मान दिया और सबसे ज्यादा मुझे पूरा वक्त दिया कि मैं कुछ अच्छा करूँ और मैं ऐसा कर सकता हूँ, इसके लिए मेरे आत्मविश्वास की डोर को कभी भी टूटने नहीं दिया। खासकर मेरे पूजनीय पापाजी, मम्मी श्रीमती सुमित्रादेवी, मेरी तीन बहनें अनीता, नीतू और रीतु, मेरी पत्नी प्रियंका और मेरी प्यारी बेटी प्रियदर्शिनी..."*

# क्रममाला

"मेरा यह मानना है कि हर इन्सान के अपने कुछ विचार, सोच होती है और वह समाज के लिए अपने स्तर पर कुछ न कुछ जरूर करना चाहता है पर आत्मविश्वास की कमी और रोजमर्रा की उलझनों में फँसकर रह जाता है और अपने आप से ही बाहर नहीं निकल पाता। मेरे साथ भी यही मसला रहा है। अब तक बहुत बार मेरी लेखनी ने गलत होता देखकर बगावत करने की कोशिश की है। बहुत कुछ लिखा है, पर उसे आपके सामने लाने का मुकम्मल साहस नहीं जुटा पाया। पर जैसे कहते हैं कि हर चीज का एक वाजिब वक्त निर्धारित होता है। शायद ऐसा ही कुछ मेरे लिए भी ऊपर वाले ने सुनिश्चित किया हो। पर जैसा कि सच है कि सारा फर्क माहौल का पड़ता है। आज मेरे देश का मिजाज कुछ बदला-बदला सा है। सबसे बड़ी वजह आज न्यायपालिका की सक्रियता अपने चरम पर है जो कठोर से कठोर निर्णय लेने से भी नहीं चूक रहे और रसूखदार और ताकतवर लोग भी अपने बुरे कर्मों और घोटालों के लिए JAIL की सलाखों में हैं। इससे तो जैसे मेरे देश में एक नयी सी आबो-हवा चल पड़ी है और मुर्दों में भी जैसे जान आ गई है। और दूसरा आज हमारी बच्चियाँ, आम इन्सान और प्रतिभावान लोग राजनीति, प्रशासन, खेल, विज्ञान, RESEARCH, हर क्षेत्र में सफलता के झंडे गाड़ रहे हैं। यह दोनों चीजें मेरे साथ भी हुईं। एक तो मेरे आत्मविश्वास की कमी को और इस शंका को कि लोग क्या कहेंगे, मेरे विचार किस तरह लेंगे या मुझे सुनेंगे भी... इस डर को आज के सकारात्मक माहौल ने खत्म कर दिया और मेरे सृजन को एक नयी उम्मीद दे दी।

मैं आपसे यह मदद चाहता हूँ कि प्रत्येक नागरिक, सरकार और मेरे देश के कर्णधार मेरी इस मुहिम में मेरा साथ दें। जो मेरे समाज और भारत देश के प्रत्येक नागरिक के लिए आत्मरक्षा के विषय को शिक्षा तंत्र, SYLLABUS में अनिवार्य रूप से जगह दिलाएँ और वह भी तब, जब वे मेरी इस बात से इत्तेफाक रखते हैं कि मैं जो और जिस तरह कह रहा हूँ। अपनी बात रख रहा हूँ वो सर्वथा सत्य और आज वक्त की सबसे जरूरी मांग है क्योंकि जिस तरह रोटी, कपड़ा और मकान एक इन्सान के लिए सबसे जरूरी मूलभूत आवश्यकतायें हैं और प्रत्येक सरकार अपने बजट और MANIFESTO में इन्हें सबसे अहम् जगह देती हैं उसी तरह आत्मरक्षा के विषय को अपनी वाजिब जगह और स्थान की आज भी तलाश है, जो केवल आपके हस्तक्षेप से ही संभव है...”

"अमूमन किसी भी किताब को White या Black रंग में छापा जाता है। पर यहाँ खुलकर रंगों और चित्रों (Images) का इस्तेमाल किया गया है जो कि एक लक्ष्य का हिस्सा है। यह लिखने वाले की सोच पर निर्भर होता है कि वह अपनी रचना से क्या Message देना चाहता है। मेरा व्यक्तिगत नजरिया जिन्दगी के प्रति यही है कि जीवन इन्द्रधनुषी रंगों की तरह रंगीन है और हमारी जिन्दगी में आज चाहे परिस्थिति-वश कितना भी अंधेरा या सूनापन क्यों ना हो। पर हमारा दृष्टिकोण और जीवन को देखने का नजरिया सकारात्मक होगा तो एक दिन हमारी जिन्दगी भी इन सतरंगी रंगों की तरह रंगीन हो जाएगी। क्योंकि सारा फर्क हमारी सोच से ही पड़ता है। जैसी हमारी सोच होती है, वैसे ही हम कर्म करते हैं और विधाता भी हमारी इस सोच और कर्म के अनुसार ही हमारा भविष्य सुनिश्चित करते हैं। यह मैं व्यक्तिगत अनुभव से कह सकता हूँ।

रंगों की अपनी एक अलग भाषा होती है। जो आपके इर्द-गिर्द ऐसा खुशनुमा माहौल बना देती है कि लोग चाहकर भी आपसे दूरी नहीं बना पाते और जब आप अपने जीवन को इन रंगों से भर देते हैं तो जिन्दगी रूपी खजाने की चाबी आपके पास होती है। इसलिए कभी भी मायूस ना हों और इन रंगों से दूरी ना बनायें और अपने इस जीवन को रंगों से भर दें। क्योंकि जब सृष्टि ने हमारे लिए इन रंगों की रचना की है तो हम अपने जीवन को सिर्फ सफेद और काले रंग तक ही क्यों सीमित करें। मैं तो ऐसा बिल्कुल नहीं करता और मेरा अनुरोध है आपसे कि

आप भी अपने जीवन के साथ ऐसा कभी भी न करें... खुलकर हँसे और खुलकर अपने जीवन को जियें, क्योंकि यही आपकी नियति है..."

# "दो शब्द"

श्री रविन्द्र सिंह जी लाम्बा द्वारा लिखित पुस्तक "आत्मरक्षा... मेरा हक़" मुझे मिली जिसे पढ़कर प्रसन्नता हुई कि यह पुस्तक वर्तमान समय की आवश्यकता के अनुरूप अच्छी सोच के साथ लिखी गई है जिसमें महिलाओं की शिक्षा के साथ उनकी सुरक्षा को सर्वोपरि समझा है। इस पुस्तक को अधिकाधिक संस्थाओं को खरीदवाकर बालिकाओं को उपलब्ध करवाया जाये।

मैं आशा करता हूँ कि भविष्य में भी ऐसी पुस्तकें लिखते रहेंगे।

(डॉ. घासीराम वर्मा)

Prof. (Emeritus) Of Mathematics

University Of Rhode Island,

Kingston, RI 02881 (USA)

## What is Self Defence? &
## Why it's necessary to our society?

Self defence isn't only a knowledge to save our life, body & property, as it is described & mentioned into our Constitution & Indian Penal Code- It's a complete counselling against all kind of Negativities, Frustration, Fear, Illness & Fobia's of a human being over the life.

जैसा कि हमारे संविधान और भारतीय दंड संहिता में परिभाषित किया गया है "आत्मरक्षा" केवल हमारे शरीर, जीवन और सम्पत्ति की ही रक्षा करने का ज्ञान और समझ नहीं है। बल्कि यह आपके सम्पूर्ण जीवन के लिए आपके अंदर समाहित वह ताकत, ज्ञान और समझ है कि आपको अपने जीवन में अपने हर डर, नकारात्मकता, कमजोरी, अवसाद और हर जाने-अनजाने डर से न केवल लड़ना है बल्कि अंत तक हार ना मानने की अपील है।

जिस तरह हम बीमार होने पर Doctor के पास जाते हैं और अवसाद की स्थिति में किसी 'मनोचिकित्सक' के पास। तो "आत्मरक्षा" की ताकत आपके अंदर समाहित वह मनोचिकित्सक ही है जो हर जरूरत और प्रतिकूल परिस्थिति में आपकी Counselling करेगा।

आज हमने अपनी जिंदगी को जिस दोराहे पर लाकर खड़ा कर दिया है कि एक Video Game हमारे बच्चों की जीवन-लीला समाप्त कर देता है। कुछ पाखण्डी लोग या धर्म के नाम

पर अपनी रोटियाँ सेंकने वाले धर्म-गुरु अनगिनत मासूम और भोले-भाले लोगों को तबाह कर देते हैं। वोट की राजनीति में पिसकर सदियों से आम जनता अपने वाजिब हक और अधिकार से महरूम है, तो आपके अंदर बैठा यह जागरुक मनोचिकित्सक ही आपको सही रास्ता दिखा सकता है।

# प्रस्तावना

यह रचना करने का कभी भी मेरा कोई पूर्व आभास, तैयारी या इच्छा नहीं रही। मैं कोई लेखक नहीं, पर मैं एक इन्सान हूँ और मेरी इंसानियत अभी जिन्दा है। मेरे सीने में एक दिल है। जो किसी पीड़ित की आहट और वेदना देख-सुन कर रोता, तिलमिलाता भी है और जब समाज के अपराधी, पापी, अत्याचारी अपराध करके बेधड़क खुले-आम समाज में घूमते हैं तो मेरा खून भी खोलता है। एक सामाजिक और पारिवारिक इन्सान होते हुए जब मैं एक बेटी का पिता,तीन बहनों का भाई, पत्नी का पति और एक माँ का बेटा हूँ तो समाज में हो रही बलात्कार, उत्पीड़न और अपहरण की घटनाओं से मेरे परिवार पर कभी भी, कहीं भी हो सकने वाली दुर्घटना/दुखान्तिका के आभास से एकदम भयभीत भी होता है।

समाज में हुई दो दिल दहला देने वाली घटनाओं ने मुझे सोचने पर मजबूर कर दिया। एक तो दिल्ली का निर्भया बलात्कार हादसा जिसे पूरी दुनिया ने सुना-देखा और महसूस किया और दूसरा झुंझुनू जिले के एक कस्बे बगड़ में कॉलेज जाती छात्रा का बस से उतरते ही पाँच बदमाशों ने जबरन अपनी गाड़ी में डालकर घंटों कस्बे की सड़कों पर घूमते हुए सामूहिक बलात्कार मामला। निर्भया दुखान्तिका के वक्त पूरे देश में रोष और तनाव था। मेरे मन में भी गुस्सा, दर्द, शर्मिंदगी थी कि मैं क्या कर दूँ? मन में आया कि सब अपराधियों को अपने हाथों से जान से मार दूँ। पर मेरे महान् देश के कानून पर नजर टिकाकर शांत

बैठने के अलावा कुछ अधिक करने का साहस नहीं जुटा पाया। पर जब हाल ही में मेरे शहर के बिल्कुल नजदीक बगड़ में यही सब दोहराया गया तो इस बार तो जैसे मेरा खून ही सूख गया। जैसे यह मेरे परिवार की ही किसी बेटी के साथ हुआ हो। पर अब मैं शांत नहीं बैठ पा रहा हूँ। तो यह विचार मेरे अंतर्मन में आये जिनको आपसे साझा करने का साहस और प्रयास किया है।

मुझे अपने देश के कानून, प्रशासन और पुलिस से कोई शिकायत नहीं है। निर्भया मामले में भी कानून व पुलिस ने अपना धर्म निभाया और बगड़ मामले में भी अपना धर्म बखूबी निभा रही है। पुलिस, प्रशासन, कानून बखूबी अपना काम करेगी, इसका मुझे पूर्ण विश्वास भी है। परन्तु मेरा मानना है कि यही काफी नहीं है। हम अपनी व समाज की जिम्मेदारी पूरी तरह से पुलिस व कानून पर ही नहीं छोड़ सकते। पुलिस और कानून तो तब अपना काम करेंगे, जब अपराध घटित हो गया, घटना घट चुकी, किसी की जिन्दगी तार-तार हो चुकी। पर इस तरह की घटना घटे ही नहीं इसकी जिम्मेदारी हमें स्वयं उठानी होगी।

किसी भी दुखान्तिका के पीड़ित से मेरी बहुत सांत्वना व सहानुभूति है और उसके साथ जो हुआ उसका मुझे बेहद अफसोस है। पर मेरा एक प्रश्न है कि जिस वक्त उसके साथ यह घटना घटी, क्या उसने अपने आपको बचाने का हर संभव प्रयास किया था? अपनी ओर से एक अंतिम प्रयास किया था? यह कोई कटाक्ष नहीं है, बस मेरी इस रचना का अहम् विषय और मुख्य बिंदु है और सबसे ज्यादा बदलाव की गुंजाइश भी।

परन्तु इस समाज के वाशिंदों से मैं बेहद खफा हूँ। जिनके सामने यह सब घटा। क्योंकि आज हमारे देश की, गावों-शहरों की इतनी अधिक जनसंख्या है कि कहीं भी, कोई भी अकेला नहीं है। निर्भया मामले में भी अपराधियों ने राजधानी दिल्ली की सड़कों पर घंटों घूमकर, चलती बस में उस दर्दनाक घटना को अंजाम दिया। क्या आप मान सकते हैं कि उस घटना को किसी ने होते हुए नहीं देखा होगा। उस अबला बेटी की चीखें किसी ने नहीं सुनी होंगी। मान लीजिये नहीं सुना-देखा हो। पर उसके साथ निर्दयता से बलात्कार करके और इंसानियत की सभी हदें पार कर के। उसे इतना मार-पीटकर जब वो निर्दयी उस अबला को निर्वस्त्र सड़क पर मरने के लिए फेंक जाते हैं और घंटों गाड़ियाँ आती-जाती रहीं। पर किसी एक भी भले इन्सान का दिल नहीं पसीजा। एक बन्दे ने भी इंसानियत नहीं दिखाई। फिर उन पापियों और हममें क्या अन्तर रह गया? हम उस अबला बेटी की उस समय सहायता करके उसकी तार-तार हुई इज्जत, उसका सम्मान तो नहीं लौटा सकते थे। पर सही समय पर अगर वो दुखियारी अस्पताल पहुँच जाती तो हम कम से कम उसकी जिन्दगी तो बचा ही सकते थे।

यही झुंझुनू के मामले में भी हुआ जहाँ दिन के 10 बजे भरे बाजार से पाँच बदमाश उस अबला को जबरन अपनी गाड़ी में डालकर घंटों कस्बे की सड़कों पर गाड़ी घुमाते हुए गाड़ी में उससे जबरन बलात्कार करके सड़क पर फेंक जाते हैं। क्या आप मान सकते हैं कि यहाँ भी इस घटना को होते हुए किसी ने नहीं देखा होगा?

*क्या आप यह मान सकते हैं?*

हो सकता है कि आप खुलकर अपराधियों का सामना करने की हिम्मत नहीं जुटा पाए हों। पर आज जब संचार क्रांति के दौर में 90% लोगों के पास मोबाइल Phone हैं। हजारों रुपये हम Recharge, Social Media, WhatsApp, Facebook पर खर्च कर रहे हैं। तो क्या 2 रुपये खर्च करके, एक Call हम पुलिस को नहीं कर सकते थे। अगर ज्यादा नहीं तो यह छोटी सी जिम्मेदारी भी हम निभाने लग जाएँ तो यकीन मानिये 50% अपराध कम हो जाएँगे।

यह सब देख-सुनकर मेरा मन कुंठित हो जाता है कि क्या हम इन्सान होना छोड़ो, इन्सान कहलाने के भी लायक हैं। जब भी कोई ऐसी घटना या इससे कहीं छोटी घटना भी हमारे साथ या हमारे किसी परिचित के साथ घटती है तो हम तपाक से कह देते हैं कि किसी को मतलब नहीं है, दुनिया से इंसानियत बिल्कुल खत्म हो गयी है। कोई आवाज नहीं उठाना चाहता। पर मैं यहाँ आप से पूछना चाहता हूँ कि जब यह सब हम हमारे सामने किसी और के साथ घटित होते हुए देखते हैं तो क्या हम हमारे हिस्से की इंसानियत दिखाते हैं। क्या हमनें अपने इन्सान होने का फर्ज निभाया है? इसका जवाब आपको स्वयं को देना है।

26 जनवरी और 15 अगस्त को तिरंगा फहराने और सिनेमा में राष्ट्रगान पर खड़े हो जाने मात्र से हम आजाद देश के राष्ट्रभक्त नहीं हो जाते। जिस दिन हम अपनी छोटी-छोटी जिम्मेदारियों और कर्तव्यों को निभाने लग जायेंगे। अपने हक़, अधिकार, सम्मान के लिए खड़े होने लगेंगे और अपने हक़ के लिए प्रश्न पूछने लगेंगे। उस दिन हमें सही मायने में जय हिन्द, जय भारत कहने का हक़ मिलेगा।

*"मुझे यह बात समझ नहीं आती कि एक पुरुष, स्त्री के प्रति इतना क्रूर कैसे हो सकता है जबकि जन्म से लेकर मृत्यु तक वह औरत के साथ, सानिध्य और सहारे में पलता है। जहाँ वह माँ के रूप में औरत के गर्भ से जन्म लेता है, बहन से अपनी कलाई पर जीवनभर रक्षा सूत्र बंधवाता है और एक पत्नी अपने पति के लिए अपने माँ-पिता, भाई-बहन और यहाँ तक अपनी पहचान छोड़कर जीवनभर पति की सेवा करती है और बेटी, एक बेटी के प्यार, सम्मान और उस महत्त्व जो वो ताउम्र अपने पिता, भाई, पति और बेटे को देती है, को एक पुरुष कैसे भूल सकता है?"*

"जब एक छोटा सा, असहाय सा बच्चा भी ललकार उठता है, सवाल करता है कि आप मेरे साथ ऐसा कैसे कर सकते हैं? मैं मेरे साथ ऐसा होने नहीं दूंगा, तो 10 ताकतवर अपराधी भी एक बार को आत्म-ग्लानि से भर उठते हैं, उनकी आधी ताकत खत्म हो जाती है।"

◆◆◆

"हमारा 'नैसर्गिक न्याय का सिद्धान्त', प्रकृति और हमारे देश का कानून हमें यही सिखाता है कि उस विधाता की नजरों में, न्याय की देवी की नजरों में, प्रत्येक नागरिक चाहे वह किसी भी धर्म या जाति का हो। स्त्री हो या पुरुष, युवा हो या बुजुर्ग, जिसने भी इस ब्रह्माण्ड में जन्म लिया है। अपने अधिकारों, कर्तव्यों और अपने तमाम् हक़ के साथ एक समान है। किसी को भी किसी का हक़ छीनने का कोई अधिकार नहीं है।"

# वजह, Timing और उद्देश्य

किसी भी चीज के होने की एक वजह, समय (Timing) और उद्देश्य होता है। मेरे इस किताब और Specially इस संजीदा विषय पर लिखने में ये तीनों चीजें शामिल हैं।

पूरा देश रो रहा था। सड़कों पर Candle march निकाले जा रहे थे मैं भी पिलानी में "निर्भया हादसे" के विरोध स्वरूप एक Candle march में शामिल था और मेरे अंदर यह सवाल चल रहे थे कि इस तरह के March से क्या परिवर्तन होने वाला है? क्या उस बच्ची/बहन/बेटी को कोई न्याय मिलेगा या उन बलात्कारियों का जमीर जाग जाएगा या जिस So called समाज की आँखों के सामने यह सब हुआ वह आज के बाद अपनी जिम्मेदारी पूर्ण रूप से निभाने के लिए प्रतिबद्ध होगा।

यह सिर्फ एक बच्ची/बहन/बेटी के साथ हुआ एक हादसा नहीं था। यह पूरे भारत देश की आत्मा पर बहुत गहरी चोट थी। एक सभ्य समाज और एक विकासशील देश के मुँह पर इतना करारा तमाचा मारा था उन अपराधियों ने जिसे आज समाज के गुस्से और रुख को देखते हुए ऐसा लग रहा था जैसे देश में हुआ यह अंतिम बलात्कार, अपराध होगा और आज के बाद स्थिति बिल्कुल बदल जाएगी। जवाब आप खुद को दें कि क्या इस हादसे के बाद बलात्कार और हर किस्म के अपराध रुक गये या कुछ कम ही हो गये।

उस Candle march में जहाँ मैं सवालों में उलझा था विडम्बना यह थी कि लोग उस वक्त भी Dialogues कर रहे

थे जो मेरे कानों में सुन रहे थे और आप विश्वास कीजिए वहाँ पर लोग उस बेटी के कपड़े, इतनी देर तक एक लड़के के साथ घूमने और न जाने क्या-क्या बातें कर रहे थे। मेरे मन में आया कि अगर आपकी यह सारी बातें सही भी हों तो भी उन अपराधियों को यह अधिकार किसने दिया कि उन्होंने अपनी कुंठित मानसिकता के साथ उस मासूम बेटी को दण्डित करने का बीड़ा उठा लिया और कब हमें अपना जीवन अपनी शर्तों पर जीने की आजादी मिलेगी? मैं उस वक्त उनसे लड़ा नहीं क्योंकि आप कुछ लोगों से तो लड़ सकते हो पर लड़ाई जब एक सोच, विचारधारा और सदियों से बुनी हुई मानसिकता के खिलाफ हो तो आपको कुछ अलग लड़ाई लड़नी पड़ती है और वह भी पूरी तैयारी के साथ।

बस यहीं मेरे अंदर के अधिवक्ता ने हुँकार भरी और जो मैं खुद से पूछता था कि मैंने वकालत क्यों करी? क्या इस पेशे से मैंने किसी एक को भी न्याय दिलाया सही मायने में, मुझे आज उसका जवाब मिल गया कि इस दिन के लिए और मैंने खुद को आगे होने वाले इस तरह के अपराधों या कहना चाहिए कि इस तरह के अपराध न हों इसके लिए खुद से खुद को एक वकील नियुक्त (Appoint) कर दिया और इस "अपराध (Crime)" शब्द के हर पहलू पर बहुत गौर किया, Research किया और कहना चाहिए अपराध का Postmortem किया और इस रचना, किताब, *"आत्मरक्षा मेरा हक़... किसी भी कीमत पर"* का जन्म हुआ।

अपराध होता क्यों है? कोई इसे करता क्यूँ है? कोई पीड़ित क्यों हो जाता है? यह अपराध होता कहाँ है? इन सारे क्यों का जवाब इस अपराध के Postmortem में निकल कर आया

और आज मैं यह कह सकता हूँ कि अंतिम रूप से सिर्फ और सिर्फ यही इसका इलाज है जो इस 'अपराध नामक बीमारी' को जड़ से ख़त्म कर सकता है, क्योंकि एक बात तो तय है कि अपराधी को सजा देने मात्र से हम समाज से अपराध का अंत नहीं कर सकते क्योंकि अगर ऐसा होता तो सदियों से यह तो हो ही रहा है। अपराधियों को सजा दी जाती रही है तो भी अपराध का अस्तित्व तो बरकरार है बल्कि दिन-दिन बढ़ता ही जा रहा है। यह बिल्कुल दीमक को मारने की तरह है। हम ऊपर-ऊपर दवाई छिड़क कर सोचते हैं कि अब यह फिर नहीं आएगी जबकि अगले ही दिन दीमक फिर आ जाती है, क्यों? क्योंकि असली वजह उसकी रानी दीमक या मादा दीमक है जो जमीन के 8 फुट नीचे होती है, तो आप सोच लीजिए आप किसे ख़त्म कर रहे हैं? यही अपराध के मामले में है। हम एक अपराधी को सजा देकर सोचते हैं कि अब अपराध खत्म हो जाएँगे, यह एक बचकाना सोच है और हम अगर वास्तव में अपराध को जड़ से खत्म करना चाहते हैं तो अपराध होने की वजह को ही खत्म करना होगा और वह तब होगा जब हम इसकी जड़ों में पहुँचेंगे।

आज आप बहुत ही ध्यान और गौर से मेरी बात को सुनना, गुणना, मानना और खुद पर लेकर मेरी हर बात के महत्त्व को अपने दिल और दिमाग के तराजू में तोलना, जो भगवान ने हम सबको दिया है। इस अपराध के निम्न 4 चरण कह लो या स्तर जिसके हर एक पहलू पर काम करते हुए हम अंत में हमारे समाज को जड़ से अपराध मुक्त कर सकते हैं:-

चूँकि मैंने 'अपराध' को एक बीमारी मानकर अपनी समझ, व्यावहारिक ज्ञान और कानून की दृष्टि से इस बीमारी का

Postmortem किया और बहुत Research करने के बाद इसकी यह Theory या Thesis लिखी है और आपको आसानी से समझने के लिए हम यहाँ एक बीमारी से संबंधित शब्दों का ही प्रयोग करेंगे।

यह बीमारी 'अपराध' इन तीन तत्वों पर कैंसर की तरह अपनी पकड़ बना चुकी है:-

1) अपराधी

2) पीड़ित

3) समाज

और इन तीनों के एक-एक पहलू और बचाव पर हम अभी विस्तार से चर्चा करेंगे। जबकि यह जो चौथा चरण इस बीमारी 'अपराध' का रामबाण इलाज है:-

4) आत्मरक्षा का ज्ञान। भारतीय दंड संहिता IPC की धारा 96 से 106 का पूर्ण, मार्मिक ज्ञान और समझ।

*यहाँ से **Operation** शुरू होता है:-*

ध्यान रहे आज की जो व्यवस्था है उसे हमें Strongly manipulate करना होगा और आने वाली पीढ़ी जिस पर मेरा Specially concern है उसे पहले दिन से इस तरह सींचना है कि यह अपराध शब्द का अस्तित्व ही खत्म हो जायेगा जिसे सिर्फ इतिहास में पढ़ा जाएगा।

*1) अपराधी:-*

इस अपराध की पहली कड़ी यह अपराधी ही होता है क्योंकि किसी भी अपराध की शुरुआत एक इन्सान की उस कुंठा सोच उसके विचार और लालसा से शुरू होती कि मैं अपराध करूँ, किसी का बलात्कार, चोरी, डाका, लूट, गबन, फरेब करूँ।

आप देखिए एक इन्सान की सोच और विचार उसे कलेक्टर, नेता, अभिनेता, खिलाड़ी, डॉक्टर, वैज्ञानिक, लेखक, चित्रकार, अध्यापक आदि बनाते हैं वहीं एक इन्सान की सोच और विचार उसे एक अपराधी, बलात्कारी, लुटेरा, चोर, फरेबी, हत्यारा बनाते हैं।

ऐसा क्यों है? यह अंतर क्यों है? दो इंसानों की सोच और विचारों में कि एक इन्सान लगातार अच्छे काम, मेहनत और ईमानदारी से जीवन में आगे बढ़ता रहता है जबकि वहीं दूसरा अपने जीवन को इन अनर्गल कामों में, अपराध में ही बिता देता है। वह एक अपराध करता है, पकड़ा जाता है, जेल जाता है और जब जेल से बाहर आता है तो फिर कोई दूसरा अपराध करके फिर जेल, सजा, दंड और यह सिलसिला लगातार चलता रहता है। उसके जीवन का अंत ही इस सिलसिले को रोकता है।

आप देखिए ऊपर बताये अच्छे काम जब इन्सान करता है तो समाज में उसका, उसके माता-पिता, परिवार का सम्मान होता है जबकि कहना चाहिए उसकी परवरिश का सम्मान होता है और जब अपने माता-पिता, परिवार और परवरिश का सम्मान होते हुए जो चमक और खुशी वह इन्सान अपने माता-पिता की नजरों में देखता है तो उसे और अच्छे काम करने और आगे बढ़ने की प्रेरणा मिलती है वहीं जब एक इन्सान कोई भी अपराध करता है तो उसके माता-पिता को भी समाज एक पीड़ित की तरह देखता है कि इनका क्या दोष औलाद ही खराब है। क्यों? आज आप परवरिश की, परिवार की बात क्यों नहीं करते? अगर हमें समाज को पूर्ण रूप से अपराध मुक्त करना है तो आज भी हमें इस अपराधी के माता-पिता, परवरिश और परिवार पर सवाल

करने होंगे और जब वह अपराधी अपने माता-पिता की झुकी हुई नजरें और आत्म-ग्लानि को देखता है तो कहीं न कहीं यह पीड़ा उसे आगे इस दिशा में बढ़ने से रोकती हैं, यहीं रुकने पर विवश करती है या कर सकती है।

एक सामान्य इन्सान अपराधी तब बनता है जब जीवन की उसकी पहली गलती को नजरअंदाज किया जाता है, हल्के में लिया जाता है, उसकी छोटी-छोटी नाजायज मांगो को लाड़-चाव से पूरा किया जाता है। जब वह परिवार में अपनी बहन पर चिल्लाता है, परेशान करता है तो उसे भाई कहकर यों ही माफ कर दिया जाता है। जब घर में बहन को साफ-सफाई, कपड़े धोना और खाना बनाना, मेहमानों की आवभगत करना आदि सब जिम्मेदारियों के लिए नियुक्त कर दिया जाता है और बेटा? वह यह सब काम थोड़े ही करेगा। वह तो Special जो है।

घर परिवार में बेटियों को बेटों से कमतर ही माना जाता है। हमारी बेटी के पास एक Phone call आने पर सबके कान खड़े हो जाते हैं। 5 मिनट की देरी से भी अगर बेटी घर आये तो हजारों सवाल और समाज, पड़ोसियों की कोतूहल भरी नजरें उस पर आकर ठहर जाती हैं। जबकि बेटा दो दिन भी घर से बाहर रहे तो पापा को तो मम्मी बोलने ही नहीं देती, खुद उसकी ढाल बन जाती है। बेटा बाहर लड़-झगड़ कर आये, बदमाशी, आवारागर्दी करे उसे हमेशा माफ कर दिया जाता है और आज समाज और उन So called पड़ोसियों के कान पर जूँ भी नहीं रेंगती। क्योंकि यह हर घर की कहानी है।

यह सब सदियों से चलता आ रहा है। इन सब बातों से एक लड़के, बेटे या पुरुष के अंदर यह भावनाएँ घर करने लग जाती हैं कि एक बेटी, बहन, माँ और पत्नी जो पहले सिर्फ और

सिर्फ एक औरत है और एक औरत का जन्म ही पुरुष की सेवा करने के लिए और पुरुष के जीवन को आरामदायक बनाने के लिए हुआ है और जब इस सोच और विचारधारा के साथ वह पुरुष बाहर समाज में जाता है तो हर बेटी और बहन में उसे वही एक कमजोर लड़की या सिर्फ एक औरत ही दिखाई देती है जिसका अपना स्वयं का कोई अस्तित्व और वजूद नहीं। क्या ऐसा नहीं है?

आज हमें इस व्यवस्था, विचारधारा और सोच को सबसे पहले तिलांजली देनी होगी, खत्म करना होगा और बदलना होगा इस दकियानूसी और समाज की जड़ों को कमजोर करती मानसिकता को। अब हमें अपने लाडलों को बेटियों का सम्मान करना सिखाना होगा, उनके अधिकारों को बराबरी का दर्जा और हक़ देना होगा और बेटे की उस पहली गलती को सिरे से खारिज और विरोध करना होगा और उसे साफ–स्पष्ट करना होगा कि जीवन में कभी भी उसके किसी भी बुरे कर्म में हम उसके साथ नहीं खड़े हैं।

मैं दावे के साथ कहता हूँ कि जिस दिन यह होने लग गया वह बच्चा, बेटा उसी दिन अपनी गलती की माफी मांगते हुए जीवन में इसे नहीं दोहराने की कसम न केवल आप से बल्कि खुद से करेगा और अपराध का बीज पहले ही दिन नष्ट हो जायेगा।

*2) पीड़ित:-*

पीड़ित से तात्पर्य हम उस दिन से लगाते हैं जिस दिन कोई बलात्कार, हत्या, अपहरण, लूट, फिरौती के अपराध में पीड़ित होता है और जो उस दुखान्तिका का शिकार होता है जबकि यह

पीड़ित होने की मानसिकता सदियों पुरानी है। यह गुलामी की जमी हुई वह काई है जिसे आज साफ करने की जरूरत है। सदियों से हम अंदर तक आज भी उन जंजीरों से जकड़े हुए हैं जिन्हें आज तोड़ने की जरूरत है। इसी हारी हुई, गुलामी की मानसिकता की वजह से ही हम विपरीत परिस्थिति में बिना लड़े या अपना सम्पूर्ण विरोध और सामना किये बिना अपने हथियार डाल देते हैं और समर्पण कर देते हैं क्योंकि बड़ी से बड़ी लड़ाई धरातल और वास्तविकता में लड़ने से पहले अपने दिल, दिमाग और विचारों में लड़ी जाती है और यहीं पर जीती या हारी जाती है और जब हम खुद के सम्मान, अधिकार और हक़ के लिए कोई भी समझौता करने के बारे में सोचना भी पाप मानेंगे तो परिणाम शर्तिया तौर पर अलग होने लगेंगे।

खासतौर पर एक औरत की स्थिति तो और भी ज्यादा नाजुक और दयनीय है क्योंकि औरत तो आज भी अपने अस्तित्व की लड़ाई लड़ रही है। बड़े से बड़े और सभ्य से सभ्य परिवार में भी एक बेटी को वह हक़ और अधिकार आज तक नसीब नहीं जो हमारे बेटों को हैं। 99% माता-पिता आज भी पहला बच्चा बेटा ही चाहते हैं और वर्तमान स्थिति तो यह है कि अगर पहला बच्चा बेटा हो गया तो बहुत बड़े प्रतिशत में अभिभावक एक ही बच्चे से संतुष्ट हो जाते हैं वरना पहले बच्चे के बेटी होने की स्थिति में बेटे की चाहत में बेटा तो करना ही है और जो माँ-बाप इस स्थिति से विपरीत आचरण करते हैं वह समाज में अनुकरणीय हैं।

इसके अलावा आये दिन बेटियों के भ्रूण झाड़ियों में, सड़कों पर मिलते रहते हैं। कन्या भ्रूण जाँच और Sonography scandal आये दिन सामने आते हैं। दहेज प्रथा आज भी जस की तस है।

दबे-छुपे बहुओं को मारने, जलाने की घटनाएँ आज भी सुनाई दे जाती हैं। जवानी में असामयिक पति की मौत के बाद तो यह मानो औरत को दो गज की जमीन भी मुनासिफ होना गनीमत है, हर तरफ उसके दुश्मन, उसको नोंचने की फिराक में भेड़िये बैठे हैं

*किस-किस से खुद को बचाए एक औरत।*

माफ कीजिएगा हो सकता है कोई यहाँ यह सोच रहा हो कि आज स्थिति बदल रही है और यह सब बहुत कम हो गया है। क्यों साहब कम का क्या मतलब है? एक भी क्यों? क्यों हो मेरी एक भी बेटी और बहन इन सबका शिकार। हो गया जो होना था...

*"बस... अब बस... अब और नहीं... बिल्कुल भी नहीं... एक भी नहीं"* सदियों से जो कहावत चरितार्थ है कि 'औरत ही औरत की दुश्मन है' आज इसे खुद एक औरत को ही बदलना होगा और कुछ नई कहावत और मिसालें पेश करनी होंगी। आज एक औरत को खुद से यह प्रण और कसम लेनी होगी कि-

1) माँ खासतौर पर बेटों से पहले अपनी बेटियों के हक़, समानता, उनकी सुरक्षा और शिक्षा को प्राथमिकता देगी

2) माँ कुछ भी हो जाये अपनी बेटी को कोख में नहीं मरने देगी, उसे जन्म देकर उसकी सफलता के नये आयाम तय करेगी

3) एक सास अपनी बहु को अपनी बेटी का और एक बहु अपनी सास को अपनी माँ का दर्जा देगी

4) एक ननद अपनी भाभी को और भाभी अपनी ननद को अपनी बहन और दोस्त का दर्जा देगी।

इन सब बदलाव से पीड़ा, दर्द, कमजोरी और नकारात्मकता का माहौल ही बदल जायेगा और जो आज तक एक पीड़ित और कमजोरी की निशानी मानी जाती रही हैं वह अपने माँ दुर्गा के अवतार में आ जाएँगी।

*3) समाजः-*

समाज से मतलब वह लोग हैं जो हम बचपन से आज तक सुनते रहे हैं कि लोग क्या कहेंगे? यह लोग ही समाज है। हमारे पड़ोसी, जानकार, साथ काम करने वाले जो आज कुल जमा 125 करोड़ की जनसंख्या है और जिस दिन यह समाज अपनी भूमिका को सर्वप्रथम पहचान कर अपने आप को पहचान जाएगा, खुद से और तुरन्त निर्णय लेने लगेगा इस अपराध नाम के कलंक का नामोनिशान ही विलुप्त हो जाएगा।

समस्या यह है कि लोग किसी भी चीज पर तुरन्त प्रतिक्रिया और Action नहीं लेते। जब तक सरकार, Media, बड़े Brand किसी चीज को Support या विरोध नहीं करते यह समाज चुप रहता है। एक बार जब अखबारबाजी आदि शुरू हो जाएगी मामला तूल पकड़ जाएगा फिर देखो सहायता करने वाले, दानदाता, Candle march इन सबकी बाढ़ सी आ जाती है। लेकिन यदि आप एकदम शुरुआत से खुद को Connect करो React करो तो समस्याएँ पैदा ही नहीं होंगी।

यह सिर्फ इस दृष्टिकोण में ही नहीं है कि जब कोई अपराध होता है तो उस पर समाज कितनी जल्दी प्रतिक्रिया करता है। यह हर बात और हर चीज पर लागू होता है। समाज में बहुत बार अनेक जागरुक लोग अपने जीवन और इसकी रफ्तार को दाव पर लगाकर कुछ ऐसा आविष्कार करते हैं जो सिर्फ और सिर्फ

समाज के हर वर्ग की भलाई के लिए ही होता है पर लोग उसकी बात ही नहीं सुनते, जो लोग वास्तव में बहुत कुछ कर गुजरने की ताकत रखते हैं वह उस इन्सान की बात को तवज्जो ही नहीं देते। आप मेरी इस किताब का भी उदाहरण ले सकते हैं जिसे मैं अपने कीमती 3 साल दे चुका हूँ पर आज भी लोग समझना तो छोड़ो मेरी बात सुनने का भी वक्त नहीं दे रहे। खैर जाने दो मैं जानता हूँ यह 'किताब' क्या है? और क्या कर सकती है? और इसे इसकी मंजिल तक पहुँचाना मेरा कर्तव्य है। हम समाज की भागीदारी और इसके त्वरित Action और Reaction की बात इसलिए करते हैं क्योंकि सारे अपराध, बलात्कार सब कुछ इस समाज के वाशिंदे कहूँ या नमूने इनके ही सामने होते हैं। कोई न कोई होता है जिसने वह देखा है और अगर हाथों हाथ वह अपनी आवाज बुलन्द कर दे तो हर एक अपराध अपनी शुरुआत में ही दम तोड़ देगा।

*4) भारतीय दंड संहिता IPC की धारा 96 से 106 जो आत्मरक्षा/आत्मप्रतिरक्षा को परिभाषित करती हैं का मार्मिक और व्यावहारिक ज्ञानः-*

अब मैं आपको इस रचना की सबसे महत्वपूर्ण कड़ी से रूबरू करवाने जा रहा हूँ। जो हम सबका अपराध को जड़ से मुक्त करने का अभियान है, उसमें सबसे अहम् किरदार निभाएगा और अपराध को जड़ से खत्म करने का जो Operation हमने शुरू किया है उसका यह अंतिम और महत्वपूर्ण चरण है इसलिए आप बड़े ही ध्यान से इसकी तह तक जाइएगा और कुछ भी छूटना नहीं चाहिए क्योंकि यह हमारे शरीर के दिमाग की तरह है जहाँ हर चीज आकर जुड़ती है, Connect होती है:-

इस बीमारी 'अपराध' के Operation के शुरुआती आयाम और बीमारी के तत्व यह तीन हैं:-

अ) अपराधी

ब) पीड़ित

स) समाज

और इस बीमारी 'अपराध' के लक्षण और उनके बचाव पर हम विस्तार से पहले चर्चा कर चुके हैं। जहाँ हमने जड़ तक जाकर आज तक जो भी हुआ और होना चाहिए था और अब क्या करना है पर बात की। पर वह सब एक बीमारी के Precautions या कहें बचाव की बातें थीं पर हमारे पास उसका शर्तिया और रामबाण उपचार भी है। हमारी यह 96 से 106 की धाराएँ जिसे मैंने नहीं बनाया हमारे देश के कानून निर्माताओं ने बनाया और जो 1960 से लागू भी हैं पर क्या किसी ने आज तक इनके बारे में सुना? या यह किस तरह हमें मदद करेंगी? किसी ने भी सोचा? मैं आपको बताता हूँ। इनको विस्तार से आप पढेंगे इस किताब के अध्याय 22 में पर मैं इन 11 धारा का सार आपको बताता हूँ। गौर कीजिएगा- जो प्रकृति का, भगवान् का कानून है "The rule of natural justice" "नैसर्गिक न्याय का सिद्धान्त" वह जो बात आप से कहता है वही हमारे कानून निर्माताओं ने कानून बना के इसकी व्यवस्था बहुत पहले 1960 में ही कर दी थी।

"The rule of natural justice" "नैसर्गिक न्याय का सिद्धान्त" जो आपको सामान्य और व्यवहारिक ज्ञान देता है कि आपको क्या करना चाहिए? वहीं *"96-106" IPC "प्राइवेट प्रतिरक्षा/ आत्मरक्षा"* आपको एक तरह से यह आदेश और उससे भी ज्यादा

आपको पूर्ण आश्वासन और Guarantee देता है कि, *हर विपरीत परिस्थिति में आपको स्वयं की, किसी भी अन्य की शरीर, संपत्ति और मान-सम्मान की रक्षा करनी है। हर स्थिति में और किसी भी हद तक जाकर। चाहे फिर आपको इसके लिए अपने स्वयं पर कर रहे या किसी अन्य पर कर रहे आक्रमणकारी/अत्याचारी/बलात्कारी/लुटेरे की हत्या ही क्यों न करनी पड़े।*

आप इसे मेरे साथ-साथ अपने मन में चित्र बनाते हुए समझिए।

सूर्य/ **SUN :-**

जो *IPC* की धारा *96-106 प्राइवेट प्रतिरक्षा/आत्मरक्षा* का विषय है वह सूर्य के समान है और जो इन 96-106 धारा का ज्ञान/Message है इसके अन्दर जिसका सार अभी ऊपर मैंने बताया वह इस सूर्य का 'प्रकाश' है, 'तेज' है, 'आग' है जो जलाती भी है और निर्माण भी करती है और यह इस तरह से जो हमारे 3 तत्व हैं अपराधी, पीड़ित और समाज उन पर अपना प्रभाव दिखाती है या कहें कि अगर आप इस सूर्य और इसके प्रकाश को अपने जीवन में अंदर कहीं गहरे तक उतार लेंगे तो यह पोलियो की उस Vaccine की तरह है जो "2 बूँद जिन्दगी की" लेने से जीवनभर आपको अपंगता से मुक्त करती है उसी तरह यह सूर्य और प्रकाश का 'Dose' आपको जीवनभर सुरक्षित रखेगा, संभालकर रखेगा, अपने जीवन को आत्मसम्मान से जीते हुए अपने सपनों को पूरा करने और अपने लिए सफलता के नये आयाम निर्धारित करने के लिए। बहुत ध्यान से देखिएगा किस तरह।

मैं आपको बार-बार बहुत ध्यान से इसलिए कह रहा हूँ क्योंकि यह Operation चल रहा है और आपने देखा है ना, कि

किस तरह operation के वक्त Operation Theatre बंद कर दिया जाता है और No disturbance का माहौल बना दिया जाता है और आप एवं हम इस समय अपने जीवन का सबसे बड़ा Operation कर रहे हैं जो जीवनभर हमें इस 'अपराध' रूपी बीमारी से हमेशा हमेशा के लिए मुक्त करेगी और दूर रखेगी, बचाकर रखेगी।

एक डॉक्टर बीमारी के अनुसार हमें कई दिन की दवाई देते हैं जिसे हमें दिन में कई बार लेना होता है न कि केवल एक Dose में ही हमारा उपचार हो जाता है तो यह 'अपराध' रूपी बीमारी तो सदियों पुरानी है जिसने हमारे समाज की जड़ो को खोखला कर दिया है तो इसके लिए एक Dose कैसे कारगर हो सकती है इसलिए हमें मिलकर इस पर बहुत काम करना होगा और इसके खात्मे की Guarantee मैं आपको देता हूँ। अगर आप अब तक मेरी बात से सहमत हैं तो आइये मिलकर इस अभियान को सफल बनायें। आप हैं ना मेरे साथ?

हम यह Dose/Vaccine अपने अन्दर Insert/ प्रविष्ट कर रहे हैं-

*सबसे पहला और महत्वपूर्ण कामः-*

सबसे पहले इस सूर्य को पहचान कर और मानकर इसके प्रकाश को पूरे देश में फैलाना होगा- बच्चे-बच्चे तक, कोने-कोने तक, हर माता-पिता तक, हर माँ, बहन, बेटी, पत्नी तक। इसके बाद हर School-college तक (चाहे सरकारी हो या निजी), हर कार्यकारी संस्था (Working place) तक, फिर प्रशासन, पुलिस, न्यायपालिका और सरकार तक और अखबार तक और टेलीविजन तक।

सबसे पहले यह मेरा कर्तव्य है कि मैं किसी भी तरह से इसे समाज के सामने लेकर आऊँ क्योंकि यह मैंने लिखा है, पहचाना है, Research की है और मेरे जीवन का आज यही सबसे बड़ा लक्ष्य है और पिछले 3 साल से मैंने इसके लिए अपना सर्वस्व दाव पर लगा दिया है। मैंने केंद्र सरकार, राष्ट्रपति जी, Chief Justice of India, देश के हर बड़े और प्रतिष्ठित अखबार, देश की हर राज्य सरकार, देश के चर्चित वह फिल्म कलाकार जो समाज हित में कार्य कर रहे हैं, देश के वह विख्यात Businessmen और सामाजिक संस्थाएँ जो बेटियों की शिक्षा और समाज हित में अपना योगदान कर रहे हैं और कुछ विदेशी संस्थाएँ भी जो भारत में सामाजिक सरोकार के कार्यों में रत हैं और इससे आगे मेरे राज्य राजस्थान के हर महकमे जिसमें मुख्यमंत्री जी, राज्यपाल, Chief Justice of Rajasthan, DGP/ADGP (पुलिस विभाग), महिला अधिकारिता विभाग और मेरे जिले झुंझुनू के MP, MLA, SP, COLLECTOR, महिला अधिकारिता विभाग, विधिक अधिकारिता विभाग, जिला जज, क्षेत्रीय अखबार, जानी-मानी School & colleges और कुछ नाम छूट ही गये होंगे तक बाकायदा मेरी इस किताब की एक-एक प्रति और कहीं तो 2-3 भी भेजी हैं और मेरे पास इन सबकी Registry और Receipt हैं और कुछ पत्र भी और आज इस किताब को मैंने प्रकाशित भी करा दिया है और जो आपके हाथों में है और मैं अपना काम और कर्तव्य पूरी लगन और होशो-हवास में करता रहूँगा।

अब बारी इन सबकी है जिनके बारे में मैंने जिक्र किया और सबसे ज्यादा यह आपकी जिम्मेदारी बनती है कि अब आप इस अभियान और Mission में मेरा कितना साथ देते हैं।

क्योंकि सबसे बड़ी ताकत आवाम की ताकत, जनता की ताकत होती है और मैं इसे सिर्फ एक किताब न मानकर वह हथियार मानता हूँ जो अपराध नामक बीमारी को समूल नष्ट करने की ताकत अपने अंदर रखती है हालांकि फिर भी इसे सिर्फ एक किताब कहकर शंका की जा सकती है तो इसके लिए मैं इतना ही कहूँगा कि शब्दों में बहुत ताकत होती है और इन शब्दों की ताकत पर ही न केवल भारत बल्कि विश्व में कई देश गुलामी और दास प्रथा से बाहर आये हैं और इन किताबों और शब्दों की ताकत से ही एक इन्सान कलेक्टर, डॉक्टर, जज, वकील, वैज्ञानिक और जो भी काम, व्यवसाय हो इनमें इन शब्दों का ही सबसे ज्यादा योगदान रहा है, रहता आया है और जब तक जीवन का अस्तित्व है, रहेगा।

तो जब हम सब मिलकर इस सूर्य और इसके प्रकाश को इतना प्रचार और प्रसारित कर देंगे कि TV, विज्ञापन, अखबार हर तरफ, हर जगह इसकी चर्चा होगी तो एक ऐसा माहौल बन जाएगा, यह विषय इतना रट जाएगा कि हर एक जुबान और दिल में यह बात समां जाएगी और सबसे बड़ी बात जो मैं कहने जा रहा हूँ कि हर दूसरे इन्सान को यह इल्म और विश्वास हो जाना चाहिए कि सामने वाले इन्सान को इन *96-106 प्राइवेट प्रतिरक्षा/आत्मरक्षा* का ज्ञान है, पता है।

यह सबसे बड़ी बात है की मुझे विश्वास हो कि आप इसके बारे में जानते हैं। आपको विश्वास हो कि मैं इसके बारे में जानता हूँ और हर इन्सान को इस बात का विश्वास हो कि आज मेरे देश की हर एक बेटी, बेटा, माँ, बहन, पत्नी, और समाज का हर वर्ग इस बात को जानता है और इस वर्ग में एक अपराधी, एक पीड़ित और समाज का हर वाशिंदा आता है।

अब आप देखिए यह विश्वास किस तरह से सबके लिए अलग-अलग काम करेगा:-

1) *अपराधी:-*

आप यह तो मान लो कि उस इन्सान के लिए यह सारा ज्ञान, उसकी परवरिश, उसके विचार की शक्तिधरी की धरी रह गयी और उसने खुद को एक अपराध करने के लिए चाहे वह कोई भी अपराध हो, तैयार कर लिया है।

पर सबकी तरह उसे भी इस बात का ज्ञान है हम यह विश्वास करते हैं जो ऊपर बताये अनुसार आप और हम सब मिलकर इसको हर तरह क्रान्तिकारी रूप से प्रचार-प्रसार कर देंगे।

तो जब वह अपराधी यह जानता है कि जिस इंसान को वह अपनी हवस का या अन्य किसी भी तरह के अपराध में पीड़ित बनाने के बारे में सोच रहा है वह पीड़ित आज इन *96-106 प्राइवेट प्रतिरक्षा/आत्मरक्षा* के ज्ञान के बारे में और इसमें समाहित Message के बारे में जानता है और जिस समाज को वह नाकारा और शून्य मानकर कि वह आज तक इनके सामने जो भी अपराध करता रहा है और यह समाज चुपचाप सब देख लेता है आज इस समाज का हर वाशिंदा भी *96-106 प्राइवेट प्रतिरक्षा/आत्मरक्षा* के ज्ञान के बारे में और इसमें समाहित Message के बारे में जानता है और यह पीड़ित भी और यह समाज भी आज इस सूर्य और इसके प्रकाश के ज्ञान, समझ और इसमें बताये आपके अधिकार से पूरी तरह आश्वस्त होकर उसको अपने नापाक इरादों में सफल नहीं होने देंगे।

विश्वास कीजिए यह डर बहुत बड़ा होता है और जब एक अपराधी इस डर में होगा तो उन अपराधियों की ताकत, चाहे वे कितने भी हों, आधी होगी और वह अपराधी इस डर में रहेंगे कि आज अगर उन्होंने कोई भी अपराध और अत्याचार करने के बारे में सोचा तो न केवल यह पीड़ित बल्कि समाज का हर एक इन्सान आपके विरुद्ध न केवल हक़, अधिकार से विरोध करेगा बल्कि आपको मार देने से भी पीछे नहीं हटेगा।

*2) पीड़ितः-*

आज सबकी तरह एक पीड़ित को भी इस बात का ज्ञान है हम यह विश्वास करते हैं जो ऊपर बताये अनुसार आप और हम सब मिलकर इसको हर तरह क्रान्तिकारी रूप से प्रचार-प्रसार कर देंगे कि वह आज इन *96-106 प्राइवेट प्रतिरक्षा/आत्मरक्षा* के ज्ञान के बारे में और इसमें समाहित Message के बारे में जानता है तो जहाँ एक पीड़ित को आज खुद पर यह विश्वास है और उसे पता है कि उसे लड़ना है, हार नहीं मानना है चाहे आपको अपने सामने अपराधी और अत्याचारी को जरूरत पड़े तो मार भी देना है जो कानून भी कहता है और दूसरी तरफ उस पीड़ित को यह भी आभास है कि यह अपराधी भी *96-106 प्राइवेट प्रतिरक्षा/आत्मरक्षा* के ज्ञान के बारे में और इसमें समाहित Message के बारे में जानता है और इस वजह से डरा हुआ है और दूसरी तरफ आज समाज भी इन 96-106 प्राइवेट प्रतिरक्षा/आत्मरक्षा के ज्ञान के बारे में और इसमें समाहित Message के बारे में जानता है तो समाज का हर इन्सान भी अपना पूरा सहयोग अन्त तक आज उसे देगा और किसी भी परिस्थिति में उसे पीड़ित नहीं होने देगा।

तो आप देखिये 3 तरह से विश्वास का एक माहौल खड़ा हो जाता है:-

अ) खुद पर विश्वास

ब) अपराधी के डर का आभास और

स) समाज के हर एक इन्सान पर विश्वास

आप एक बार सोचकर देखिये यह सकारात्मक माहौल क्या नहीं कर सकता?

*3) समाज:-*

इसी तरह आज सबकी तरह समाज के हर एक इन्सान को भी इस बात का ज्ञान है हम यह विश्वास करते हैं जो ऊपर बताये अनुसार आप और हम सब मिलकर इसको हर तरह क्रान्तिकारी रूप से प्रचार-प्रसार कर देंगे कि वह आज इन *96-106 प्राइवेट प्रतिरक्षा/आत्मरक्षा* के ज्ञान के बारे में और इसमें समाहित Message के बारे में जानता है तो जो एक सामान्य इन्सान आज तक अपने सामने सब कुछ होता हुआ देखकर भी पुलिस, प्रशासन, न्यायपालिका और हर तरह के डर से ग्रसित था, करना तो वह हमेशा से बहुत कुछ चाहता था। उसके सामने किसी भी हो रहे अत्याचार, बलात्कार और हर अपराध के खिलाफ अपने जी-जान से विरोध भी करना और किसी भी बहन, बेटी, माँ, पत्नी और हर पीड़ित को बचाना चाहता था।

पर जहाँ आज तक एक डर था कि उसे ही सब कानूनी पेचीदगियों में फंसा दिया जायेगा। विश्वास कीजिए यह डर ही उसे आज तक अपनी अंतरात्मा की आवाज सुनने के बावजूद भी रोके हुए था क्योंकि मैं जनता हूँ कि हर एक इन्सान अपने अंदर सामाजिक भी है हर न्याय की बात समझता भी है और कोई भी

अपराध होने पर खुद को कोसता भी है कि उसे कुछ तो करना ही था और चाहे कुछ भी हो जाये किसी भी इन्सान को उस लाचारी से बाहर लाने में अपना सहयोग देना था। क्योंकि एक हीरो, नायक हर इन्सान के अंदर मौजूद है।

पर जब आज उसे इन *96-106 प्राइवेट प्रतिरक्षा/आत्मरक्षा* के ज्ञान के बारे में और इसमें समाहित Message के बारे में ज्ञान और समझ है कि आपसे आज कानून ही यह मांग करता है कि आप किसी एक भी इन्सान को पीड़ित होने से बचाइए और अपनी हर सीमा (Limit) से भी बाहर चले जाइये और जरूरत पड़े तो स्थिति और समय की मांग के अनुसार आपको न्याय भी देगा और सम्मान भी।

मैं मानता हूँ कि आप मेरी कही गयी बात और अपील को समझ रहे हैं जो सामान्यतया इस तरह से इस Research और Theory का मूल है:-

A) अपराधी "96 से 106" से डरेगा

B) पीड़ित को "96 से 106" से हिम्मत मिलेगी और

C) समाज के हर वर्ग और इन्सान को "96 से 106" से विश्वास मिलेगा।

अगर आप मेरी इन बातों से सहमत हैं तो Please एक बार अपने लिए, मेरे लिए और इस रचना, '*आत्मरक्षा मेरा हक़... किसी भी कीमत पर*' को लिखने के पीछे के उद्देश्य और अब समाज से इस 'अपराध' रूपी बीमारी के समूल नष्ट और अंत के लिए और इस अभियान को सफल बनाने के लिए खुद से, जोर से, अपनी अंतरात्मा से यह कहिये या मेरे साथ दोहराइए कि, "इन *96-106 प्राइवेट प्रतिरक्षा/आत्मरक्षा* के ज्ञान के बारे

में और इसमें समाहित Message के बारे में ज्ञान और समझ के साथ मुझे कभी भी पीड़ित नहीं बनना है। किसी को भी पीड़ित नहीं बनाना है और सबसे ज्यादा किसी को भी पीड़ित होने से बचाना है।"

यह Message इतने जबरदस्त रूप से, विकराल रूप से पूरे देश में, कोने-कोने तक चला जाना चाहिए कि बस *अब नहीं... बिल्कुल भी नहीं... एक भी नहीं... किसी भी कीमत पर भी नहीं।*

यह सबसे कार्यकारी रूप में और सफल तब होगा जब इन *96-106 प्राइवेट प्रतिरक्षा/आत्मरक्षा* के ज्ञान के बारे में और इसमें समाहित Message को हमारे शिक्षा-तंत्र में हर हाल में पहले पायदान से शामिल किया जायेगा। क्योंकि जिस तरह हम हमारे Schools में प्रारंभिक स्तर पर ABCD, बारहखड़ी, गिनती और पहाड़े सीखते हैं, रटते हैं कि आगे फिर जीवनभर इन्हें बार-बार याद नहीं करना पड़ता और फिर इस सामान्य ज्ञान के साथ यह ज्ञान जीवनभर हमें सहायता करता है। बस इसी तरह इन *96-106 प्राइवेट प्रतिरक्षा/आत्मरक्षा* के ज्ञान के बारे में और इसमें समाहित Message को हमारे शिक्षा-तंत्र में हर हाल में पहले पायदान से शामिल किया जाये और हमारे साक्षरता के मूल में शामिल किया जाना ही जाना चाहिए।

आप अपनी बुद्धि के स्तर पर सोच लीजिए कि जब यह हो जायेगा तो हमारा समाज क्या होगा? क्या बदलाव होंगे?

आप क्या मानते हैं कि शब्द *आत्मरक्षा* का वास्तव में मतलब क्या है? मैं अपने इन्हीं 3 स्तर अपराधी, पीड़ित और समाज के परिपेक्ष्य में आत्मरक्षा को इस तरह देखता हूँ:-

*अपराधी:*- जिस दिन और जिस समय आपके विचार दूषित हुए उसी वक्त अपने विचार को बचाने की आत्मरक्षा।

*पीड़ित:*- जिस भी दिन और जिस भी पल कुछ गलत की शुरुआत हुई उसी पल उसका विरोध करने और न कहने की आत्मरक्षा।

*समाज:*- जिस भी पल कुछ बुरा होते हुए देखा, खुद को उससे बचकर भागने न देने की जिम्मेदारी की आत्मरक्षा।

*Everything is 'Self Defence':*- आपके स्वयं के साथ-साथ अन्य के भी शरीर, आत्मा, विचार, सपनों, भावनाओं, तमाम् हक, अधिकार और कर्तव्यों की आपकी अंतिम साँस तक रक्षा करना ही *आत्मरक्षा* है।

उद्देश्य:-

इस विषय पर लिखने का मेरा यही मकसद है कि मेरे देश की प्रत्येक माँ-बेटी-बहन-बच्चा और हर इन्सान अपने हक़, अपनी रक्षा के लिए पहले खुद तैयार रहे, खड़ा हो। उसके बाद समाज, पुलिस, प्रशासन, कानून सब उसके साथ हैं। क्योंकि जब आप स्वयं अपना सम्मान करते हैं और अपनी सुरक्षा के प्रति जागरुक और गंभीर हैं तो सामने वाला भी आपके अनुरूप व्यवहार करता है। यही क्रिया की प्रतिक्रिया का नियम है।

इस रचना का उद्देश्य यह है कि इस विचार को मैं हर घर, प्रत्येक माता-पिता, अभिभावक, छात्र, माँ-बहन-बेटी तक पहुँचाऊँ। जिससे बचपन से ही हम हमारे हर बच्चे को इस तरह से तैयार करें और उनकी स्मरण शक्ति में, उनके अंतर्मन में इस बात को इतना गहरा उतार दें कि आप कभी भी, कहीं भी, किसी भी दुखान्तिका का शिकार हो सकते हैं... इसके लिए आप तैयार

रहें और कोई हमारी रक्षा करने आये तब तक खुद को बचायें, खुद की रक्षा करें और न केवल स्वयं की बल्कि अन्य के भी शरीर, सम्पति और सम्मान की रक्षा करें और '*नैसर्गिक न्याय का सिद्धान्त*' '*The Rule Of Natural Justice*', जिसके आधार पर हमारे देश का कानून निर्मित है, का पालन करें।

जहाँ हमारा *संविधान, भारतीय दण्ड संहिता और इसकी धाराएं 96 से 106* के अंतर्गत यह साफ-साफ/स्पष्ट तौर पर कहा गया है कि आप अपने को बचाते वक्त, अपनी व अन्य के भी जीवन की रक्षा, सतीत्व की रक्षा करने के लिए पूर्णतया हक़दार हैं और जरूरत पड़ने पर आप अपनी व अन्य की रक्षा करने के लिए अपराधी, बलात्कारी, अत्याचारी, पापी की हत्या तक भी करने का हक़ रखते हैं।

हमारी न्याय की देवी अपने '*स्वर्णिम तराजू*' में आपकी स्थिति, अपराध की गम्भीरता को तोलकर आपके लिए यह सुनिश्चित करती है कि इसे हत्या की श्रेणी में न रखकर आत्मरक्षा की श्रेणी में रखा जाएगा। सर्वप्रथम हमारे देश के हर नागरिक को अपने इस अधिकार का ज्ञान होना जरूरी है और आपको इससे रूबरू करना हमारा फर्ज है।

"Message must go deep down in the society."

*"'बात निकली है तो दूर तलक जानी चाहिए' दिल्ली के निर्भया बलात्कार मामले में सारे देश ने जो हुँकार भरी उसका Message पूरे देश के हर तबके, न्यायालय, पुलिस, प्रशासन और आवाम तक गया कि, "Now we can't take this victimization any more" और इसने अपना काम किया और न्यायालय ने 4 महीने में सभी 6 अपराधियों को सजा सुनाई और यौन शोषण और औरतों के विरुद्ध होने वाले अपराधों के लिए अलग से और त्वरित न्याय के लिए कानून पारित हुआ, जो अपने आप में एक मिसाल है। यही बात मैं आपसे कहना चाहता हूँ कि अब हमें अपने 'प्राइवेट प्रतिरक्षा' के प्रति इतना मुखर और दृढ़-प्रतिज्ञ होना है कि देश दुनिया के हर आपराधिक मानसिकता के व्यक्ति के जेहन में एक डर, खौफ पैदा हो जाए। न केवल कानून से बल्कि हर माँ, बहन, बेटी से भी कि अगर अब उनके विरुद्ध उन्होंने अपराध करने, उनके सम्मान को ठेस पहुँचाने और उनकी इज्जत को तार-तार करने के बारे में सोचा और इसकी कोशिश भी की तो उन्हें बक्शा नहीं जाएगा। जरूरत पड़ी तो उन्हें मारने से भी अब हम नहीं चूकेंगे और यह प्रण हर माँ, बहन और बेटी को खुद से करना है और जरूरत पड़ने पर निभाना ही है..."*

# आत्मरक्षा... मेरा हक़ किसी भी कीमत पर, का सार

*1) आत्मरक्षा...*

कोई भी चीज हम तब सीखते हैं, जब हम उसे सीखना चाहते हैं और कोई भी चाहत तब परिपक्व या जुनून बनती है जब हमें उस चीज की दिल से जरूरत महसूस होती है।

'आत्मरक्षा' भी यही मसला है। हम सब आजाद हैं, समझदार हैं, हमें अच्छे माता-पिता, परिवार मिला है। हमारे पास आज के युग के अनुसार हर साजो-सामान, सुख-सुविधायें मौजूद हैं। हम आत्मनिर्भर हैं... तो क्या हम यह निश्चित तौर पर कह सकते हैं कि हम पूर्ण रूप से सुरक्षित भी हैं? या हम हमेशा सुरक्षित रहेंगे ही? यह एक बड़ा सवाल है।

बेशक हम हमारे माता-पिता, भाई, परिवार, पति के साथ सुरक्षित हैं और हर मुमकिन परिस्थिति में वे हमें सुरक्षा मुहैया करवाएँगे। अपनी हर हद से भी आगे जाकर, इसमें कोई संदेह नहीं है।

पर क्या आप यह निश्चित तौर पर कह सकते हैं कि आप हमेशा किसी अपने के साथ हों, उनकी परछाई, उनके सानिध्य में रहेंगे ही... यह मुमकिन नहीं है। स्कूल-कॉलेज में जाना, बाजार जाना, खेलने जाना से लेकर आप जीवन में पता नहीं कितनी मर्तबा अकेले होंगे। क्योंकि हमें अपनी मंजिल अकेले ही तय करना है। आप किसी भी विद्या में अच्छे हो सकते हैं।

आपको जीवन में आगे बढ़ने के लिए अपने घर से दूर, कहीं पर खेलने, परीक्षा देने, डिबेट करने, कोचिंग करने, घूमने, किसी परिचित से मिलने, अकेले जाना ही होगा।

आप यह अंदाजा भी नहीं लगा सकते कि बुरा वक्त कब घात लगाए बैठा है। कब किसी अपराधी, बदनियत इन्सान की नजर आप पर है या कब आप किसी दुर्घटना, अनहोनी का शिकार हो जाएँ और उस समय दुर्भाग्यवश कोई भी परिचित/परिवारजन आपके साथ न हों, नजदीक न हों, आप उनसे कोई सहायता मांगने की स्थिति में भी न हों तब आपकी सहायता कौन करेगा?

यही सबसे बड़ा सवाल है। तो क्या जबकि मेरा कोई परिचित मेरे नजदीक नहीं, कोई सहायता नहीं, मैं तो शरीर से भी कमजोर हूँ। अकेली/अकेला हूँ, यह तो इतने सारे हैं या इनके पास हथियार हैं। तो क्या मुझे हार मान लेनी चाहिए? जवाब है नहीं और सिर्फ और सिर्फ यही एक जवाब है नहीं। चाहे जो भी हो, कोई भी परिस्थिति हो, मुझे अपने आपको बचाना ही है। मैं अकेली/अकेला नहीं हूँ, मेरा आत्मबल, मेरी ताकत, मेरे साथ है और मुझे इस वक्त सिर्फ और सिर्फ इसकी ही जरूरत है।

आपको खुद के लिए खड़ा होना ही होगा। अपनी पूरी ताकत, समझ, ज्ञान, व्यावहारिकता, Presence of mind को एक साथ इकट्ठा करते हुए एक योद्धा की तरह लड़ना है। अपने लिए, अपने हक़ के लिए, अपने आत्मसम्मान के लिए लड़ना ही होगा और खुद से यह कहना होगा कि, *मैं लडूंगी/लडूंगा, फिर जो हो सो हो*, क्योंकि जो बुरा होना है वह तो सामने दिख ही रहा है। पर मुझे नियति का शिकार नहीं होना है। मैं कमजोर नहीं हूँ, मैं लड़ने के लिए तैयार हूँ।

मेरा यकीन मानिये जिस वक्त आपके जेहन में यह बात आ गई। आपने आधी लड़ाई तो जीत ली और इसी विश्वास के साथ अपनी पूरी ताकत झोंक दो और आप सफल होंगे। आप यह कर सकते हैं और आप करेंगे, क्योंकि बहुत से योद्धाओं ने पहले ऐसा किया है।

एक बात हमेशा मान के चलें कि '*मारने वाले से बचाने वाला हमेशा बड़ा होता है*' और इसकी शुरुआत हमें खुद से करनी है। सबसे बड़ी बात यह है कि कोई भी अपराधी या बदनियत इन्सान आपको एक कमजोर, असहाय और अपने लिए आसान Target मानकर आप पर आक्रमण करता है। पर जब आप अपने मन में यह ठान लेते हैं कि *'मैं कमजोर नहीं हूँ और अपने आपको इनका आसान शिकार नहीं बनने दूंगी/दूंगा'* तो वहीं आपने उनकी मानसिकता को हराकर आधी लड़ाई जीत ली है और बाकी की आधी लड़ाई आपको अपनी सूझ-बूझ,समझ, ताकत, मजबूत इरादों, उपलब्ध संसाधन, Presence of mind को काम में लेते हुए जीतनी है।

आज कां दौर व्यक्तिवादी हो चुका है। हम ज्यादातर एकल परिवार की तरफ रुख कर रहे हैं। और जिस तरह हम हमारे भविष्य की सुरक्षा और बेहतरी के लिए सम्पत्ति और रुपया-पैसा जोड़ते हैं तो क्या हमें अपनी सुरक्षा और सम्मान की बेहतरी के लिए कुछ भी तैयारी नहीं करनी चाहिए। आत्मरक्षा की जानकारी, समझ और प्रशिक्षण ही यह धन है जो जीवनभर आपकी रक्षा सुनिश्चित करता है।

*यही आत्मरक्षा है*

*2) मेरा हक़...*

आप यकीन मानिये आप चाहे ताकतवर हैं या कमजोर, सुंदर हैं या कम सुंदर, गोरे हैं या काले, अमीर हैं या गरीब, प्रतिभावान हैं या मंद-बुद्धि, आम हैं या खास, अपाहिज हैं या सुदृढ़, युवा हैं या बुजुर्ग, उच्च जाति के हैं या निम्न जाति के और फिर चाहे आपको अपने परिवार या समाज में समानता का अधिकार, प्यार और सम्मान न भी मिला हो। आपको खुद को अपने हिस्से का वाजिब प्यार, सम्मान, अधिकार और हक़ देना ही देना है... इन चीजों के मायने इस सत्य में कोई फेरबदल नहीं करते कि आप एक इन्सान हैं। उस ईश्वर ने ही सबकी तरह आपको भी पैदा किया है। आपकी रचना की है और आपका भी अपने जीवन को आत्मसम्मान से, उसी हक़ से जीने का हक़ है जैसा कि दुनिया के किसी भी दूसरे इन्सान को है और कोई भी... गौर कीजिए किसी को भी यह हक़/अधिकार नहीं है कि आप से यह हक़ छीने। यहाँ तक कि आपको खुद को भी नहीं।

आप जीवन में कुछ सार्थक करने आये हैं। अपने सपनों को साकार करें और प्रकृति की तमाम् शक्तियाँ आपके सहयोग के लिए सदैव तत्पर हैं, क्योंकि विधाता ने हम सबको अपने न्याय के साथ एक समान बनाया है।

*यही हक़ है*

*3) किसी भी कीमत पर...*

कीमत, इस शब्द को हम सब जानते हैं/समझते हैं, परिचित हैं, इसका अर्थ है अपनी जरूरत की चीज या मांग के बदले की धरोहर राशि या जो देने वाला मांग करे और हमारी इस रचना, कृति, Debate, लड़ाई, संघर्ष की सबसे अहम् कड़ी यह कीमत ही है।

मैं आपको इसी के बारे में बताना चाहता हूँ कि आपको अपने स्व की, शरीर की, आत्मसम्मान, हक़ की रक्षा करने, इसे बचाने की क्या कीमत देनी चाहिए जो कि आपके साथ-साथ हर उस इन्सान के लिए भी है जिसने भी इस प्रकृति में जन्म लिया है।

गौर करने की बात यह है कि मैं आपसे यह बात एक भाषण स्वरूप नहीं कर रहा, आपको Wish या आशीर्वाद नहीं दे रहा हूँ/मैं एक अधिवक्ता/वकील हूँ और आपसे कानून की बात कर रहा/बता रहा हूँ। जिससे शायद 90% लोग अनजान होते हैं... हम शुरू से बात करते हैं। हमने बचपन से हमारे माता-पिता, गुरुजनों, बुजुर्गों, हमारे शुभचिंतकों से सुना है। बहुत सी किताबों में पढ़ा है, बहुत सी Movies, नाटकों, प्रचारों में यह कहते सुना-देखा है कि अपना ध्यान रखो, संभलकर रहो, आत्मनिर्भर बनो, जागरुक बनो, ताकतवर बनो और यह पूरी तरह से सही है और उनकी जिम्मेदारी है आपको समझाना और बताना जो वह निभा रहे हैं।

इसी तरह मैं एक अधिवक्ता/वकील हूँ और इस समाज ने मुझे बहुत कुछ दिया है जो ज्यादातर अच्छा है और समाज की अच्छाई की वजह से ही मैं अपने आपको गौरवान्वित महसूस करता हूँ और यही भावना मुझे प्रेरित करती है कि मैं समाज को क्या दे रहा हूँ। वकालत की पढ़ाई ने मुझे एक अलग सा आत्मविश्वास, ताकत, हिम्मत दी है। रोजगार दिया है, समाज में सम्मान दिया है और अपनी बात हक़ से कहने के अधिकार को चरितार्थ करने की ताकत दी है। अपने हक़, अधिकार, सम्मान के लिए प्रश्न करने व पूछने की ताकत व हौंसला दिया है। फिर चाहे यह प्रश्न मुझे नेता, मंत्री, शिक्षक, प्रकाशक, अफसर, पुलिस और यहाँ तक कि मेरे ईश्वर/जन्मदाता से ही क्यों न पूछने पड़ें, मुझे डर/झिझक नहीं।

तो इस सब के बदले में मैं समाज को क्या दे रहा हूँ और इस रचना, *'आत्मरक्षा... मेरा हक़, किसी भी कीमत पर'*, के जरिये मेरे समाज को कुछ बहुत छोटा लौटाने की ही यह मेरी कोशिश है। ईश्वर और न्याय की देवी मेरी कलम को ताकत दें जो एकदम सही, न्यायपूर्ण व सटीक बात लिखे और मेरी बात के मर्म और भावना को आप तक पहुँचाए।

हमारे बुजुर्ग, माता-पिता, गुरुजन जो हमें समझाते, सिखाते आये हैं और आज भी अपना धर्म बखूबी निभा रहे हैं। उसी बात को मैं एक अधिवक्ता होने के नाते कानून की भाषा में कहता हूँ। मुआफ कीजिए, कहना चाहिए मेरे महान् देश का कानून हमें, इस देश के हर नागरिक को, चाहे औरत-मर्द, वयस्क-अवयस्क, अमीर-गरीब, हर इन्सान के लिए यह सुनिश्चित करता है। हमें यह हक़-अधिकार देता है कि हर हाल और हर कीमत में हमें अपनी और अन्य के भी शरीर, संपत्ति की रक्षा, सुरक्षा करने का, बचाने का पूरा हक़-अधिकार है और इसके लिए हमें यह बिल्कुल भी नहीं सोचना है कि किस कीमत पर। मतलब किसी भी हद तक भी जाकर आपको स्वयं की व अन्य के भी शरीर व संपत्ति की रक्षा करनी है। इसके लिए जहाँ तक संभव हो आप अपनी व अन्य की सुरक्षा करते हुए आपके अपराधी/अत्याचारी/बलात्कारी की मृत्यु तक भी कारित कर सकते हैं और कानून इसे हत्या की श्रेणी में न रखकर आपके द्वारा की गई आत्मरक्षा, प्राइवेट प्रतिरक्षा की कार्यवाही मानता है। *यही कीमत है*

"एक छोटे से दीपक की लौ भी अपने अन्दर घनघोर अंधेरे को मिटाने की, हराने की ताकत रखती है।"

*"जिस विषय और मुद्दों पर और जिन 22 अलग-अलग अध्यायों के माध्यम से इस किताब की रचना की गई है। हो सकता है कि शुरुआत में आपको यह सब ज्ञान/उपदेश स्वरूप लगे और वैसे भी आज के समय में यह Dialogue प्रचलित है कि ज्यादा ज्ञान मत दे, क्योंकि ज्ञान सबके पास है और यह शत-प्रतिशत सही भी है कि ज्ञान वास्तव में सबको है। फिर भी हम धोखा खाते हैं, हारते हैं, टूटते हैं, चोट खाते हैं, तार-तार होते हैं, इसलिए मेरी विनती है आपसे कि मुझे एक मौका दें, मुझे ध्यान से/शांति से सुनें, कम से कम एक बार... और प्लीज़, मेरे तरीके से और मैं आपको विश्वास दिलाता हूँ कि जब आप इस किताब का अन्तिम पृष्ठ पढ़ रहे होंगे तब आप महसूस करेंगे कि इस किताब का प्रत्येक अध्याय और प्रत्येक पृष्ठ एक सीढ़ी की तरह हैं। जो समाज का आइना है, जो आपकी रोजमर्रा की जिन्दगी का हिस्सा है और जब हम इन छोटी-छोटी चीजों पर गौर करते हुए इन्हें अपने जीवन में फिर से व्यवस्थित करते चलेंगे तो एक दिन आप पाएँगे कि इन छोटी-छोटी चीजों ने कितना बड़ा सकारात्मक फर्क पैदा कर दिया है। हम जिस दौड़/Race का हिस्सा बने हुए हैं, आखिर यह भागम-भाग, मेहनत इसलिए ही तो है कि हम, हमारे बच्चे, माता-पिता, हमारा परिवार सुख-चैन, मान-सम्मान का और सुरक्षित जीवन बिताएँ और विडम्बना यह है कि हममें से ज्यादातर इन चीजों को घर-परिवार से बाहर जाकर तलाशते हैं। जबकि यह सब तो हमारे घर में, हमारे माता-पिता के चरणों में, बच्चों की मुस्कुराहट में, भाई-बहनों की प्यार भरी तकरार और पति-पत्नी के एक-दूसरे पर जान छिड़कने में है..."*

# आवश्यकता

क्या अच्छा है, क्या बुरा? क्या सही है और क्या गलत? यह बातें हम सब जानते हैं। जो भी इन्सान सामान्य समझ रखता है उससे ऐसी उम्मीद की जाती है। परन्तु कानूनन क्या वैध है, क्या अवैध, इसके बारे में हममें से ज्यादातर नहीं जानते और न ही समझते।

इसके अलावा हमारा सामाजिक परिवेश, दृष्टिकोण ऐसा है कि हमें बचपन से बचकर रहो, संभलकर रहो, वहाँ मत जाओ, ऐसा मत करो, ऐसे कपड़े मत पहनो, ज्यादा दाँत निकालकर मत हँसो आदि अनेक सावधानी बरतने वाली हिदायतों के साथ हम बड़े होते हैं। पर अपनी तरफ से हर मुमकिन व माकूल सावधानी बरतने पर भी अगर हम मुसीबत में फँस जाएँ तो हम अपनी रक्षा कैसे करें। जब ज्यादा अपराधी हों, हथियारबद्ध हों, तब हम क्या करें? यह हमें कुछ उदाहरणों के सिवाय (जो बहुत कम हैं) कोई नहीं बताता/सिखाता।

इसलिए इस रचना की आवश्यकता मुझे महसूस हुई कि हमें हमारी भावी पीढ़ी को सावधानी के साथ-साथ Fighter instinct की भी समझ देनी चाहिए, बल्कि कहना चाहिए देनी होगी। हमें यह सुनिश्चित करना होगा कि विकट परिस्थिति में घिरकर हमारा बच्चा/बच्ची अपना धैर्य न खोयें, संभले, स्थिति को भांपे और उपलब्ध संसाधनों के साथ हर संभव कोशिश करें कि खुद को और अन्य को भी समस्या से बचाए।

इस कोशिश में यह हमारी मदद कर सकता है कि हम हमारे बच्चों के सामने उन बहादुर बच्चों व अन्य जो भी उदाहरण हम

उनके सामने प्रस्तुत कर सकें जो उन विकट परिस्थितियों में भी एक योद्धा की तरह लड़े। जिनसे वो प्रेरित हो सकें और उनमें यह विश्वास जगे कि वह भी जरूरत पड़ने पर ऐसा कर सकते हैं। हर साल 26 जनवरी और 15 अगस्त को ऐसे बहादुर बच्चों को भारत सरकार द्वारा सम्मानित भी किया जाता है। जिनमें कुछ बच्चों को मरणोपरान्त भी इस सम्मान से नवाजा जाता है।

“*नारी शक्ति स्वरूप है, कमजोरी की निशानी नहीं। इस सच्चाई को जल्द से जल्द हमें स्वीकार करना होगा। खासकर स्वयं हमारी बच्चियों, माताओं और बहनों को। क्योंकि समाज का यही नियम है कि वह कमजोर के साथ कमजोर और ताकतवर के साथ ताकतवर के रूप में पेश आता है। इसलिए न केवल ताकतवर बनो, बल्कि ऐसा प्रदर्शन भी करो...*”

◆◆◆

“*जिस तरह इन्सान का जन्म एक बार होता है या तो ये जीवन नीरस होता है या इसमें इतना रस होता है जो हजारों-लाखों लोगों की प्रेरणा बन जाता है...*

*उसी तरह कुछ लोग मर-मर कर जी जाते हैं वहीं एक मौत ऐसी होती है जो हजारों-लाखों मुर्दों में जान फूंक देती है।*”

# संकल्प

मैं यह नहीं कहता कि जो मैंने लिखा है वो साक्षात् माँ सरस्वती के शब्द हैं। जिनका परिणाम समाज पर शत-प्रतिशत सकारात्मक होगा ही। मैंने अपनी तरफ से एक सकारात्मक प्रयास किया है और पहला कदम भी बढ़ा दिया है। अब यह आप पर है कि आप इसमें मेरा कितना सहयोग देते हैं। क्योंकि यह विषय केवल मेरा नहीं अपितु सामाजिक है।

As a human being और एक अधिवक्ता होते हुए। अपने पेशे के अनुभव से, Cases को देखते हुए और समाज में रोज के घटनाक्रम, बढ़ते अपराधों को देखते हुए जो मेरा जागरुक मन है, मेरे अंदर के इन्सान ने, अंदर के वकील ने मुझे ऐसा कहा/ आभास कराया कि इस तरह के विचार और प्रयास की आज न केवल आवश्यकता है बल्कि *आत्मरक्षा* ही वह विषय है जो समाज को अपराध मुक्त कर सकता है। क्योंकि यह केवल एक शब्द नहीं एक 'अपील' है कि अब हम यह सब बर्दाश्त नहीं करेंगे।

मेरा उद्देश्य केवल यह विचार एक किताब के रूप में छापकर, एक लेखक बनकर ही अपने मन को संतुष्ट करना नहीं है। चूँकि मैंने कानून की बात की है और आपको आत्मरक्षा के हक़ के लिए प्रेरित करने की बात की है... किसी भी कीमत/ हद तक जाकर और आपके बचाव में स्वयं को एक अधिवक्ता के रूप में खड़ा किया है। जो कानून से आपको बाइज्जत बचाने और आपको आपका सम्मान दिलाने का विश्वास दिला रहा है।

सर्वप्रथम यह कृति मैं मेरे देश के उन गणमान्यजन से स्वीकृति और उनकी राय हेतु प्रस्तुत करूँगा जिनके सहयोग और हस्तक्षेप से इस देश का सुनहरा भविष्य लिखा जाएगा और उनकी स्वीकृति/परामर्श के बाद मेरा यह संकल्प है कि इस विचार को मैं मेरे महान देश के कोने-कोने तक लेकर जाऊंगा। देश के प्रत्येक अभिभावक तक यह विचार स्वयं लेकर जाऊंगा और उन्हें प्रेरित करूँगा कि यह शिक्षा और तैयारी उनकी और उनके लाडलों/लाडलियों की जीवनभर रक्षा करेगी। उन्हें हर परिस्थिति में अपने हक़ और आत्मसम्मान के लिए लड़ने की हिम्मत और हौंसला देगी। जिससे मेरे देश की कोई भी माँ-बहन-बिटिया किसी की हवस का शिकार ना हो और इसके लिए मैं दृढ़-प्रतिज्ञ हूँ और अब यही मेरे जीवन का लक्ष्य है। मेरा संकल्प है और आप सब इसमें मेरे सहयोगी हैं।

मैंने व्यक्तिगत रूप से इस बात का खास खयाल रखा है कि यह रचना एक Novel (उपन्यास) की तरह भारी भरकम न लगे। जिससे यह हमारे सामने होते हुए भी हम समय कम होने या बाद में पढ़ लेंगे का बहाना बनाने का सोचें भी। इसलिए मेने नितांत ध्यान रखते हुए आपके सामने सीधी सरल भाषा में एकदम स्पष्ट मैसेज देना चाहा है और IPC की 511 धाराओं में से सिर्फ धारा '96 से 106' जो हमें 'प्राइवेट प्रतिरक्षा' के बारे में बताती हैं को आप से रूबरू कराने का प्रयास किया है।

माँ सरस्वती और न्याय की देवी मेरे इस प्रयास को प्रोत्साहन देंगी और इसे सफल बनायेंगी इसका मुझे पूर्ण विश्वास है और जिस दिन एक भी अभिभावक ने इसे पढ़कर अपने बच्चों की परवरिश में उतारा। एक भी School-College ने इसे अपने विषय में शामिल किया और एक भी माँ-बहन-बेटी ने इसे पढ़कर

अपने अधिकार, हक़ और इसकी सीमा को समझकर अपने लिए एक योद्धा की तरह खड़ी हो गई... मेरा मकसद पूरा होने की प्रथम सीढ़ी समझूंगा।

*‘मेरे महान देश भारत को नमन।’*

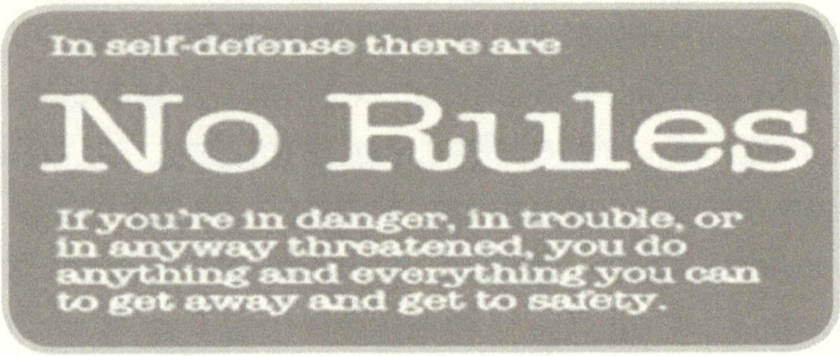


“*यह वो पंक्तियाँ हैं जो हर सभ्यता, समाज, देश अपने नागरिकों को बताना, रूबरू कराना, समझाना चाहता है। जिससे इसे हमेशा अमल में लाया जाए और हर हाल में सुरक्षित और महफूज़ रहा जाए।*”

◆◆◆

“*कई बार जीवन में ऐसी विकट परिस्थितियाँ आ जाती हैं कि हमारा तार-तार होना, हमारा मरना निश्चित दिखता है। पर हम आत्मसमर्पण करके मरे या आत्मरक्षा की लड़ाई लड़ते हुए, यह अंतर एक बहुत बड़ा मकसद, Message, जंग छोड़ जाती है।*”

# सीधी सरल बात

स्पष्टतया कानून की भाषा थोड़ी पेचीदा है जो ढेर सारे परन्तुकों, तथा, अन्यथा और हर शब्द में बहुत गहरा अर्थ समाए होती हैं। इसलिए मैं आपसे सीधी सरल बात करता हूँ, सार की, निचोड़ की बात करता हूँ कि आप कानून की धाराओं में कहे गये वाक्यों, परन्तुकों और कानून की निहायत क्लिष्ट भाषा में मत जाइये। वह देखने, समझने का काम हम वकीलों और न्यायालय का है और इसे हमें ही करने दें।

मैं तो आपसे सीधी और सरल भाषा में यह कहता हूँ कि हमारे देश के प्रत्येक बच्ची/बच्चे तक के जेहन में यह बात कंठस्थ करवा दीजिए कि न्याय पाना और अपने हक़ की लड़ाई लड़ने का हक़ और अधिकार प्रत्येक नागरिक को है और कानून में यह साफ तौर पर लिखा है कि हर इन्सान को चाहे वो वयस्क-अवयस्क, औरत-मर्द, आम हो या खास, अमीर हो या गरीब अपने व अन्य के भी शरीर व संपत्ति की रक्षा करने का सम्पूर्ण अधिकार है और अपने व अन्य के भी शरीर व संपत्ति पर हो रहे आक्रमण से बचने व बचाने के लिए आप किसी भी हद तक जा सकते हैं। जहाँ कानून आपको जरूरत पड़े तो कानून को अपने हाथ में लेने से भी नहीं रोकता। बल्कि कानून आपको इसकी इजाजत देता है और अपनी तरफ से आपसे ऐसा करने की एक हद तक मांग करता है। क्योंकि कानून के रखवाले (देश का प्रत्येक स्तर का न्यायालय) और देश के संविधान का सबसे बड़ा लक्ष्य उसके प्रत्येक नागरिक की सुरक्षा को सुनिश्चित करना ही है। चाहे यह काम आप स्वयं ही क्यों न करें।

इसलिए आप बलात्कारियों से, हत्यारों से, लुटेरों से या किसी भी तरह के पापी, अपराधियों से खुद को व अन्य को बचाते वक्त, जरूरत पड़ने पर अपराधी, हत्यारे, बलात्कारी की हत्या/मृत्यु तक भी कारित करने का हक़ रखते हैं और कानून इसे आपके द्वारा हत्या करना न मानकर आपकी तरफ से की गई आत्मरक्षा/प्रतिरक्षा की कार्यवाही मानता है। जो उस वक्त करना समय की मांग और आपकी सुरक्षा के लिए आपके द्वारा की गई अनिवार्य कार्यवाही थी।

*शिकायतः हम चाहे हमारी कोई छोटी सी भी जिम्मेदारी अच्छे से ना पूरी कर पायें पर हम अपना शिकायत करने का धर्म बखूबी निभाते हैं। फिर चाहे सरकार हो, हमारे माता-पिता या पड़ोसी, सबके कार्यों में नुक्स निकालने से हम कभी नहीं चूकते...*

*"आत्मबल, मनोबल, आत्मविश्वास, ताकत, अपने लिए खड़ा होना/लड़ना, खुद को व्यवस्थित करना, प्रश्न पूछना, सामना करना, खुद को भरोसा देना, अपनी हिम्मत बढ़ाना, अन्त तक हार न मानना, अंधेरे में उम्मीद का दिया जलाना आदि शब्दों का अनेक बार प्रयोग किया गया है। शायद इससे आपका त्वरित मन थोड़ा कुंठित भी हो। पर जब आप उस भावना से रूबरू होंगे जिस वजह से यह रचना की गई है और अगर कभी भी आपने जीवन में स्वयं को किसी विषम परिस्थिति में पाया है तो आप समझेंगे कि इन शब्दों का वास्तव में क्या मतलब होता है। यह केवल शब्द नहीं हैं, ये वो भावनाएँ होती हैं, इन्सान के अपने विचार होते हैं जो मुश्किल वक्त में हजारों दफा हमारे जेहन में*

*उमड़ती-घुमड़ती हैं। जिनसे हमें जीतना होता है। जो हमारे अंतर्मन को किसी मिक्सी की तरह बिलो देती हैं और यही वो शब्द हैं जिनका साथ पाकर, आम/मजबूर/कमजोर/पीड़ित/हताश/टूटा/हारा हुआ इन्सान एक विजेता की तरह उठ खड़ा होता है और एक असफल व्यक्ति भी जीवन की उन ऊँचाइयों को छू लेता है जिनकी वो कभी खुद से भी उम्मीद नहीं कर पाता और अपने मार्ग में आने वाली हर बाधा, मुश्किलों को इस तरह जीत जाता है जैसे कोई चमत्कार। मेरा इन शब्दों को बार-बार दोहराने का केवल यही मकसद है कि जब आप इस किताब को एक बार भी पूरा पढेंगे तो ये शब्द पढ़-पढ़ कर आपके अंतर्मन की स्मरण शक्ति में इतने गहरे उतर जाएँ, इतने कंठस्थ हो जाएँ कि आप जीवन के किसी भी मोड़ पर हारने/टूटने/मायूस होने के बारे में एक पल को भी नहीं सोच पाएँ। क्योंकि ये एक MISSION है और इस MISSION के मेरे सिपाही, योद्धा आप हैं। आप के मजबूत कन्धों पर न केवल आपका, आपके परिवार का बल्कि मेरे महान भारत देश का भविष्य भी टिका है। इसलिए आपको खुद को सुरक्षित रखने के लिए तैयार करना एक अधिवक्ता होते हुए मैं मेरा कर्तव्य समझता हूँ, जो समाज के प्रति मेरी जिम्मेदारी भी है। मैंने अपनी तरफ से शुरुआत कर दी है और अब बारी आपकी है... अगर आप साथ आ जाएँ तो यह संभव है।"*

*"यह हमारे महान् देश भारत का वह तिरंगा है जिसे शान से फ़हराने का हक़ और अधिकार हमें बहुत सालों की गुलामी, बहुत बलिदान देकर, बहुत कुछ खोकर मिला है और कोई भी भारतीय चाहे वो विश्व के किसी भी हिस्से में रहता हो इसका मूल्य और अहमियत अच्छे से समझता है। इसलिए यह हमारी* ***Duty*** *बनती है कि हम कोई भी ऐसा काम ना करें जो हमारे इस तिरंगे को दागदार करे और विश्व मानचित्र पर इसे कलंकित करे। जो केवल तभी संभव है जब हमारे देश का हर नागरिक अपने कर्तव्य समझते हुए अपनी उर्जा को सही दिशा में अग्रसर करे और अपने साथ-साथ अन्य के भी मान-सम्मान और सुरक्षा को सुनिश्चित करे और देश के चरित्र को विश्व के मानचित्र पर सम्मान दिलाये।"*

## आपको अपनी रक्षा करनी है, चाहे सामने कोई भी हो... माने कोई भी

यहाँ यह समझना बहुत जरूरी है कि हम किस-किस के विरुद्ध आत्मरक्षा का अधिकार रखते हैं। क्योंकि जब भी हमारे जेहन में यह कल्पना आती है तो हम यही कयास लगाते हैं कि हमें अपरिचितों से, बदमाशों से, गुंडा प्रवृति व आपराधिक मनःस्थिति और मानसिकता के लोगों से अपना बचाव करना है। परन्तु आज जिस तरह से घटनाएँ/दुर्घटनाएँ हो रही हैं। हम पढ़-देख और सुन रहे हैं कि किस तरह से बड़े-बड़े पाक और साफ रिश्ते भी तार-तार हो रहें हैं। हमारे अबोध बच्चे-बच्चियाँ और यहाँ तक की वयस्क बेटियाँ भी अपने सबसे महफूज जगह, अपने घर में भी दुष्कर्म, उत्पीड़न, अपहरण, प्रताड़ना, दहेज हत्या, बलात्कार, यौन शोषण, घरेलू हिंसा, जात-बिरादरी के नाम पर, प्रेम संबंधों में, तो कभी खाप पंचायतों में 'ऑनर-किलिंग' के नाम पर, तो कभी समाज में अपनी इज्जत बचाने का बहाना बनकर, हर तरह से प्रताड़ित हो रही हैं, मारी जा रहीं हैं।

जहाँ तक अपराधों के प्रतिशत का प्रश्न है, आंकड़े तो यह बयाँ करते हैं कि बहुत बड़ी संख्या में छोटे से छोटे अपराध से लेकर बलात्कार, अपहरण, फिरौती व हत्या जैसे जघन्य मामलों में भी हमारा कोई न कोई परिचित, जानकार जरूर सम्मिलित होता है। क्योंकि हम परिचित जानकर उनके नापाक इरादों से निश्चिन्त हो जाते हैं। जिससे वे अपनी आपराधिक लालसा में सफल हो जाते हैं

और जब तक उनकी असलियत सामने आती है तब तक बहुत देर हो चुकी होती है।

इसलिए आज हमें बहुत संभलकर, सचेत होकर रहना है। हर वक्त अपने आस-पास के माहौल, लोगों की नजरों, वक्तव्यों के प्रति जागरुक रहना है और हर वक्त, दिन-रात अपनी नाक-कान-आँखें खुली व दिमाग को चौकन्ना रखना है और जरा भी आभास/संदेह होने पर बिना एक पल भी रुके/गँवाए तुरन्त अपने माता-पिता, भाई-बहन, अपने बड़ों को इसके बारे में बताना है और फिर भी अगर बदकिस्मती से आप किसी दुर्घटना या विषम परिस्थिति में फँस जाते हैं, घिर जाते हैं तो हमें हर हाल में अपना यह संकल्प/अधिकार/हक याद रखना है कि मुझे मेरी आत्मरक्षा करनी है। चाहे मेरे सामने कोई अजनबी हो या कोई परिचित, दोस्त हो या रिश्तेदार, हमें आत्मसमर्पण नहीं करना है। बल्कि अपनी आत्मरक्षा करनी है और हर हाल में अपनी और अगर किसी और की सहायता कर रहें हैं तो उस पीड़ित की भी रक्षा करनी है। चाहे समय की मांग हो कि आपको अपने अपराधी की हत्या ही करना क्यों न मंजूर हो, आप उसे मार दें।

देखिये हमें यह बात समझनी होगी कि एक अपराधी की कोई पहचान, कोई परिचय, नाम, रूप नहीं होता। उनकी और उन जैसे अन्य की केवल एक जात है कि वो अपराधी हैं। उनका एक ही धर्म है अपराध करना, इंसानियत को तार-तार करना, किसी के भरोसे/विश्वास को तोड़ना, ठेस पहुँचाना। इसलिए वो कौन हैं, क्या हैं, कितने हैं, इस बारे में हमें नहीं सोचना है। सोचना है तो यह कि आज नियति ने तुम्हें इनका शिकार तो बना ही दिया है और जैसा कि दिख रहा है, ये बुरा ही चाहते हैं और मेरा मरना, बलात्कार होना या अपहरण होना तय है। तो क्यों

न एक आखिरी कोशिश खुद को बचाने के लिए की जाए और बस आप यह ठान कर अपनी पूरी ताकत, मनोबल, समझ, ज्ञान, मौका, उपलब्ध संसाधन और अपने पूरे आत्मबल को इकट्ठा करके बस लड़ जाएँ, भिड़ जाएँ, बस कैसे भी अपनी रक्षा करें, उन्हें चोट पहुँचाएँ, मार दें, कुछ भी करें, बस खुद को बचाने के अलावा आपको इस समय और कुछ भी नहीं सोचना है।

"*‘भारत का संविधान’ के अनुच्छेद 21 के अंतर्गत, “प्राण और दैहिक स्वतन्त्रता का संरक्षण” को ‘मूल अधिकार’ में सम्मिलित किया गया है। यह अधिकार किसी भी प्रकार के ‘आपातकाल’ में भी स्थगित नहीं किया जा सकता।*"

*"हमारी न्याय की देवी की आँखों पर पट्टी बंधी है और हाथों में तलवार है जो इस बात का सबूत है कि न्याय की देवी न्याय करते वक्त यह नहीं देखती कि अपराध करने वाला किस धर्म, जाति, पद, हैसियत का है और जिसको न्याय मिलना है वो किस पंथ, सम्प्रदाय, समूह का है। न्याय की देवी का धर्म और कर्तव्य केवल यह है कि परिस्थिति और साक्ष्य को ध्यान में रखकर, अपराध की गंभीरता और वक्त की जरूरत के आधार पर की गई कार्यवाही को न्याय के 'स्वर्णिम तराजू' में रखते हुए सिर्फ और सिर्फ न्याय किया जाए। जिससे पीड़ित को न्याय, अपराधी को उचित दण्ड मिले और समाज में यह स्पष्ट MESSAGE जाए कि किसी भी अपराधी को बक्शा नहीं जाएगा, पीड़ित को हर हाल में न्याय मिलेगा... जो कि "नैसर्गिक न्याय का सिद्धांत", "The Rule of Natural Justice ", और "प्राकृतिक न्याय का सिद्धांत" भी है और चूँकि यह सब मानवीय कार्यवाही है इसलिए यह हम सबकी DUTY है कि हर इन्सान अपने अंतर्मन में इस तराजू की कल्पना करते हुए अपना धर्म निभाए।"*

# अपने आपको जवाब देना, क्या मैंने मेरे हिस्से की जिम्मेदारी बखूबी निभाई

प्राचीन काल से आज तक सबसे कठिन कार्य स्वयं को जवाब देना, स्वयं को संतुष्ट करना ही रहा है। समाज की हर घटना/दुर्घटना हममें से किसी न किसी के सामने, प्रत्यक्ष या जानकारी में ही होती है। लेकिन हम वो हमारा जानकार है या नहीं, मैं क्यों बोलूँ, लड़ूँ या लड़ाई मोल लूँ, कहकर साफगोई से अपना पल्ला झाड़ लेते हैं। पर एक इन्सान है जो यह सब देखता है और हमारे इन जवाबों, तर्कों, दलीलों से संतुष्ट नहीं होता, वो है हमारा अंतर्मन, हमारे विचार।

यह शर्तिया तौर पर हर उस इन्सान के साथ होता है, जो भी समाज का हिस्सा है और खुद को एक सामाजिक प्राणी मानता और कहता है और यह हमारे स्वयं के मामले में भी होता है। तो वह सवाल यही होता है कि क्या मुझे आवाज नहीं उठानी चाहिए थी? उस गलत बात का विरोध नहीं करना चाहिए था? और कुछ नहीं तो कुछ तो, चाहे थोड़ा ही सही, करना ही था। आदि अनेक सवाल हर इन्सान के अंतर्मन में चलते ही हैं, यह सर्वथा सत्य है।

इसलिए अपने आप से आँखें मत चुराइए, सामना कीजिए और लड़िये। कम से कम स्वयं के लिए, अपने आत्मसम्मान और हक़ के लिए तो जरूर लड़िये और अन्त में एक बात और जब हमारे सामने परिस्थिति इतनी विकट हो कि बहुत कुछ बुरा होना

तो तय है ही, तो मैं बिना लड़े हार क्यों मानूँ, एक बार सामना किये बिना आत्मसमर्पण क्यों करूँ।

*क्यों ना एक लड़ाई आत्मरक्षा/आत्मसम्मान के लिए ही लड़ूँ।*

*"अपने लिए और अपनों के लिए तो सभी जीते हैं, पर जो हमारे लिए कोई मायने नहीं रखते, उनके लिए कुछ करना, कर गुजरना ही इंसानियत है।"*

◆◆◆

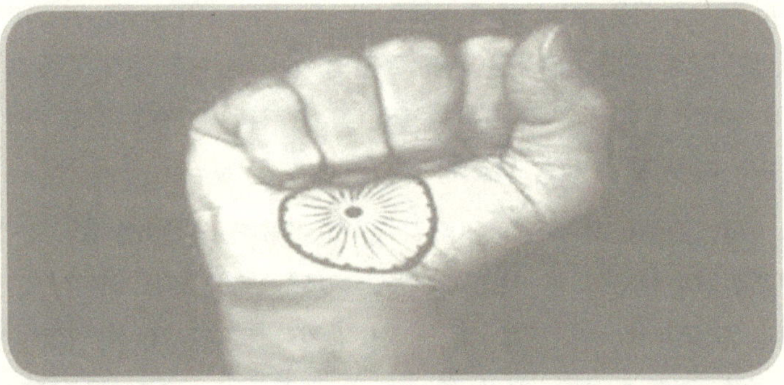

*"संगठन में शक्ति होती है, पर इसका केवल यही मतलब नहीं है कि यह सबके साथ होने में ही है। आप अकेले हैं, पर आप अपनों से भावनात्मक रूप से जुड़े हैं, अपनी हर बात का FEEDBACK उन्हें दे रहे हैं तो यह भी एक तरह का संगठन ही है जो आपके अकेलेपन में आपकी मदद करता है। इसलिए आपको मानसिक रूप से भी अपनों से संगठित रहना है।"*

# नज़रंदाज

"किसी भी परेशानी, दुःख, दुर्घटना, अपराध की पहली कड़ी यह नज़रंदाज करने का रवैया ही होता है। वो कहते हैं ना कि 'नज़र हटी दुर्घटना घटी', एकदम सही कहावत है, इसलिए अब हमें कभी भी, किसी छोटी सी चीज को भी नज़रंदाज नहीं करना है। बल्कि आज के वक़्त को देखते हुए ज़्यादा सावधान, सतर्क और मुस्तैद रहना है जिससे वक्त रहते हम किसी भी दुखान्तिका का शिकार होने से बच जाएँ और हमेशा सुरक्षित रहें, महफूज़ रहें।"

# सामाजिक प्रतिबद्धता

आपने बहुत सुना है कि हम एक सामाजिक प्राणी हैं। हमें समाज में रहना है। यह बिल्कुल सही है, हम जो जीवन जी रहे हैं वह समाज की ही देन है। हमारे घर के बाहर सड़कें, स्ट्रीट लाइट, बसें, ट्रेन, स्कूल, कॉलेज, अस्पताल, सरकारी दफ्तर, सेना, न्यायालय, सरकार और यह फेहरिस्त बहुत बड़ी है। यह सब व्यवस्था सदियों से हमारे लिए समाज ही करता आया है। लोग बाहर शालीनता से हैं, सब अपना-अपना काम कर रहें हैं पुलिस, नेता, ट्रैफिक पुलिस, डॉक्टर, अध्यापक, सफाई कर्मचारी सब अपना काम तल्लीनता से कर रहें हैं (कुछ अपवादों को छोड़कर)। इससे कोई फर्क नहीं पड़ता कि इन सबको इसके लिए पैसे मिलते हैं। यही System है और जितना यह System सुचारू रूप से चलेगा, उतना ही समाज बेहतर होगा और जहाँ समाज बेहतर होगा और इसके और बेहतर होने के विकल्प मौजूद रहेंगे। वहाँ समाज के प्रत्येक नागरिक के लिए विकास की असीम संभावनाएँ मौजूद रहेंगी।

यही सामाजिक प्रतिबद्धता हम सबको निभानी है। यही समाज की बेहतरी में हमारा सबसे बड़ा और अहम् योगदान होगा। इसके लिए जरूरी नहीं कि हम लीक से हटकर कुछ अलग करें, बल्कि जो काम अभी आपके पास है। आप उसे अच्छे से, अपनी पूरी जिम्मेदारी के साथ पूरा करें। आप विद्यार्थी हैं तो अच्छे से अध्ययन करें। आपके माता-पिता ने बड़े जतन से आपको पाला-पोसा है, आपको पढ़ा रहें हैं, आपकी हर जरूरत

पूरी कर रहे हैं, आपसे अनेक सपने संजोये हैं। उनका विश्वास ना तोड़ें, भरोसे को मत तोड़ें।

समाज के लिए एक जागरुक, जिम्मेदार, समझदार नागरिक बनें जो अपने व अन्य के भी हक़, अधिकार, सम्मान और विकास के लिए सदैव तत्पर रहे। निडरता से अपनी रक्षा करें और अपने व अन्य के लिए हमेशा समानता व सफलता का मार्ग चुनें।

"*संभव की सीमा जानने और पाने का केवल एक ही मार्ग और तरीका है... अपनी सीमाओं को लाँघ जाना और असंभव से भी आगे निकल जाना, क्योंकि सृष्टि ने स्वयं कभी किसी सीमा को नहीं माना है।*"

◆◆◆

"*इच्छा करना, निर्णय लेना और जिम्मेदारी उठाना आपका स्वयं का व्यक्तिगत चुनाव है। क्योंकि इसके बाद आपके हर कार्य और इसके परिणाम के प्रति आप स्वयं जवाबदेह होते हैं। पर एक बार जब आप यह चुनाव कर लेते हैं, तो इनसे बड़े-बड़े चमत्कार हो जाया करते हैं।*"

"No, Never, not again, not any more..."

"*अब समय आ गया है कि आप 'ना' कहना सीखें। हर उस बात को, क्रिया-कलाप को, व्यवहार को, अपराध और अत्याचार को, जो आपके अस्तित्व, आत्मसम्मान, अहम्, हक़, अधिकार, के विरुद्ध हो। बल्कि हर उस बात को भी जो आपको नापसंद हो, आपको आपकी नजरों में गिराए, समाज से अलग करे, अपनों से अलग करे, आपको सबसे छिपकर, नजरें चुराकर करनी पड़े। जिस तरह स्वीकार करना आपका चुनाव है उसी तरह कुछ भी अस्वीकार करने का भी आपका स्वयं का चुनाव हो, इसलिए Say No... and Say it Loudly...*"

# ईश्वर ने आपकी किस्मत में क्या लिखा है

जब भी हम किसी विषम परिस्थिति में बुरी तरह घिर जाते हैं। कोई सहायता, मदद, कोई उम्मीद हमें नजर नहीं आती और हमें साफ तौर पर दिख रहा है कि आज तो मैं इस उलझन/मुसीबत से बच नहीं सकती/सकता। तब हमारे मन में यही विचार सबसे पहले आता है कि शायद भगवान्/ईश्वर ने मेरी किस्मत में यही लिखा है या शायद मेरे साथ यही होना लिखा है और इसी विचार के साथ हम हमारा धैर्य, विश्वास, हिम्मत और उम्मीद खोने लगते हैं।

बस यहीं हमें खुद को रोकना है, खुद को संभालना है, स्वयं को व्यवस्थित करना है और खुद से कहना है कि, "कौन कहता है कि मेरी सहायता करने को कोई नहीं है, मैं हूँ ना अपनी खुद की सहायता करने को, खुद की उम्मीद बढ़ाने को, खुद को हिम्मत देने को..." और जिस पल आपके मन में यह सकारात्मक सोच/विचार आ जाती है। उसी पल आपके मन में एकदम से एक नयी ऊर्जा का संचार होता है और यह विचार/सवाल आता है कि क्या पता आज भगवान्/ईश्वर/विधाता मेरी परीक्षा ले रहें हों कि अकेले में, एकांत में मैं स्वयं की किस तरह सहायता करती/करता हूँ, कितनी जल्दी हार मानता/टूटता हूँ।

यह सर्वथा सत्य है कि 'भाग्य/ईश्वर व किस्मत भी हमेशा हिम्मती का, साहसी का ही साथ देते हैं' और सारा फर्क हमारी इस सोच से ही पड़ता है। इसलिए यह तय कर लें कि, "अभी तो मैं समाज में हूँ, परिवार में हूँ, समूह/कुटुंब में हूँ, दोस्तों में,

भीड़ में हूँ, सुरक्षित हूँ। परन्तु चाहे परिस्थिति इसके बिल्कुल उलट हो, चाहे कैसी भी कठिन से कठिन परिस्थिति, समय क्यों न आ जाए। कोई मेरे साथ खड़ा हो या नहीं, मैं अन्त तक खुद का साथ निभाउंगी/निभाऊंगा" और हमेशा बस वही बात याद रखें कि 'भाग्य/किस्मत/भगवान् हमेशा साहसी का, हिम्मती का और उनका साथ देते हैं जो खुद की सहायता करना चाहते और जानते हैं' और क्या पता भगवान् आज मेरे साहस की परीक्षा ले रहे हों।

*"मन के हारे हार है... मन के जीते जीत और जब हम यह मंत्र अपने मन में कंठस्थ कर लेते हैं तो दुनिया की कोई ताकत हमें हरा नहीं सकती, तोड़ नहीं सकती, अपने लक्ष्य से डिगा नहीं सकती।"*

## "औरत, बेटी, माँ, बहन और पत्नी पर जुल्म अब बर्दाश्त नहीं"

"कुदरत ने औरत और मर्द को संसार रूपी गाड़ी के दो पहियों के रूप में बनाया है जिनका अपना अलग-अलग महत्व और उपयोगिता है। औरत शारीरिक रूप से तुलना में मर्द से नाजुक, कम ताकतवर हो सकती है, लेकिन मानसिक रूप से औरत मर्द से कहीं अधिक मजबूत और सृजनशील है। वरना प्रकृति पैदा करना, सहेजना, संभालना और धैर्य जैसे गुण औरत को ही क्यों देती और इस बात का महत्त्व हर पिता, भाई, पति, बेटा अच्छे से जानता और समझता है। इसीलिए हर पिता अपनी बेटी को, भाई अपनी बहन को, पति अपनी पत्नी को और बेटा अपनी माँ को दुनिया में सबसे ज्यादा प्यार और सम्मान देता है और दुनिया की हर बुराई से इन्हें बचाना और महफूज रखना चाहता है। तो अब यह प्रतिज्ञा हर पिता, भाई, पति और बेटे को करनी है कि वह इसी तरह अपने आस-पास किसी भी माँ, बहन, पत्नी और बेटी पर होने वाले अत्याचार और अपराध को पूरी तरह से खत्म करने को अपनी जिम्मेदारी मानते हुए अपना योगदान देंगे। क्योंकि जब ऐसा होगा तो हमारी प्रत्येक माँ, बहन, पत्नी और बिटिया अपने आप सुरक्षित और महफूज हो जाएँगी। बस एक बार आप यह शुरुआत तो करें... और जब आप ऐसा करेंगे तो जो सुकून और तसल्ली आपको मिलेगी उसकी आप कल्पना भी नहीं कर सकते।"

# क्या हमें अपने प्रतिभावान बच्चे/बच्चियों के सपनों के पंख काट देने चाहिए

सदियों से हमारे अनगिनत बच्चे/बच्चियाँ सिर्फ इस वजह से अपने सपनों की उड़ान नहीं भर पाते क्योंकि उनके माता-पिता इस शंका से भयभीत रहते हैं कि बाहर की तेज, निर्दयी दुनिया में उनकी बच्ची/बच्चे का क्या होगा। अपराधी मानसिकता और बदनीयत लोग हर जगह घात लगाए बैठे हैं। कहीं उनकी लाडली/लाडला किसी उलझन में न पड़ जाएँ और खासकर बड़े महानगरों/विदेशों के बारे में हम ज्यादा सशंकित रहते हैं।

सच कहें तो यह डर गलत भी नहीं है। परन्तु आज Globalisation/वैश्वीकरण के दौर में जब इतने सारे विकल्प हमारे बच्चों के सुनहरे भविष्य हेतु सामने हैं और छोटे-छोटे गाँव/कस्बों के अनेक प्रतिभावान बच्चे-बच्चियाँ अपने लिए सफलता के नए-नए कीर्तिमान स्थापित कर रहें हैं। तो आवश्यकता और वक्त की मांग के अनुसार हम सबको अपनी डर वाली मानसिकता से बाहर आना ही होगा और अपने बच्चों को जीवन में आगे बढ़ने, अपने लिए नए-नए विकल्प तलाशने, नयी-नयी चीजें करने और प्रयास करते रहने की हिम्मत और हौंसला देना होगा। उन्हें आगे बढ़ने और सफल होने के प्रति आश्वस्त करना होगा। वहीं इसके साथ-साथ अपनी सुरक्षा करने के गुर व तरीके भी सिखाने होंगे और अपने डर पर विजय पानी होगी।

नहीं तो यह हमारी दोहरी हार होगी क्योंकि एक तो अपराधी डरा-धमकाकर कमजोर मानसिकता वाले लोगों पर (कुछ अपवादों

के अलावा ज्यादातर में) अत्याचार करते हैं। उन्हें अपना शिकार बनाते हैं। तो बहादुरी से उनका सामना करके, उनके घटिया इरादों के सामने अपना सीना चौड़ा करके खड़ा होने और उन्हें यह ललकार देने कि हम उन पापियों, अपराधियों के नापाक इरादों से डरकर अपने प्रतिभावान बच्चियों/बच्चों के सपनों के पंख नहीं काटेंगे। बल्कि इनका सामना करने का हौंसला व ताकत व ऐसी परवरिश देंगे। इस भावना की जरूरत है। क्योंकि जब ऐसा होगा तो इसके दो फायदे होंगे एक तो जहाँ अपराधियों व बदनियत और गलत मानसिकता के लोगों के हौंसले पस्त होंगे, उनकी हार होगी। वहीं दूसरा हमारे बच्चे-बच्चियाँ आत्मविश्वास से भरकर अपने जीवन में अपने लिए व देश के लिए असीम सफलताओं के नए-नए कीर्तिमान स्थापित करेंगे।

*यही वसुधैव-कुटुम्बकम् की कहावत को चरितार्थ करना है।*

## "घरेलू-हिंसा"

"पानीपत की लड़ाई, हल्दीघाटी युद्ध, जलियाँ वाला कांड आदि तो कुछ दिन के अन्तराल में खत्म हो गए। पर यह घरेलू-हिंसा कभी न खत्म होने वाला वो युद्ध, प्रताड़ना, अत्याचार है जिसने औरत को सदियों से अपनी गिरफ्त में ले रखा है और औरत इस द्वंद्व में है कि किसके विरुद्ध आवाज बुलन्द करूँ क्योंकि इसमें तो औरत अपनों द्वारा ही सताई हुई है। पर अब बस... अब और नहीं, अब आपको उन्हें इतना करारा जवाब देना है कि जहाँ एक ओर तो आपको देखकर अन्य बेटियों में भी हिम्मत आए और दूसरा घरेलू-हिंसा करने वाले हर अपराधी की रूह काँप जाए कि अब उसकी बारी है...।"

◆◆◆

"एक अंग्रेजी कहावत है, "Prevention is better than cure", इसका सार यह है कि बीमारी होने के बाद उसका इलाज हो इससे बेहतर यह होगा कि बीमारी ही ना हो इसके बारे में प्रयास किये जाएँ... सावधानी, तैयारी, प्रशिक्षण और लगातार अभ्यास। यह सब वो निवारण के साधन हैं जिनसे हम बीमार होने से बच सकते हैं... आप समझ सकते हैं कि हम यहाँ किस बीमारी के सन्दर्भ में बात कर रहे हैं... अपराध आज समाज की वो बीमारी बन चुकी है जो समाज को आगे बढ़ने से रोक रही है। समाज की जड़ो को खोखला कर रही है। इसलिए हम सबको मिलकर समाज को पूर्णतया अपराध मुक्त बनाने के लिए कठोर संकल्प और निर्णय लेने ही होंगे।"

*"बहुत हुआ बेटियों को समझाना...*
*अब बारी हमारे बेटों को है समझाने की"*

*"यह बिल्कुल सही है कि सदियों से हम अपनी बेटियों को यही शिक्षा देते आये हैं कि कैसे उन्हें सुरक्षित रहना है, अपना ख़याल और ध्यान रखना है। पर आज जरूरत इस शिक्षा की भी है जो हमें अपने बेटों को देनी है कि जिस तरह हम अपनी बेटियों की हिफाजत के लिए चिंतित और प्रयासरत हैं उसी तरह किसी और की माँ-बहन-बेटियों की सुरक्षा और मान-सम्मान की जिम्मेदारी भी उनकी है और उनकी नजरों के सामने और जानकारी में ऐसा कुछ भी अनर्थ ना होने पाए और वो यह सब देखकर भी, कभी भी अन्जान ना बनें और खुद तो ऐसा कुछ अनर्थ और पाप करने के बारे में सोचें भी नहीं। जब आप किसी अन्य की बहन-बेटी-माँ और पत्नी को सम्मान देते हैं, उनकी सुरक्षा में अपनी भागीदारी निभाते हैं तो यह मानकर चलिए कि सामने से भी आपकी बहन-बेटी-माँ और पत्नी के साथ यही समानता और सुरक्षा का बर्ताव किया जाएगा। क्योंकि यही सकारात्मक माहौल का फायदा और 'Give and take' का नियम है... एक बार आप खुद से पहल करते हुए ऐसा करके तो देखें और यकीन मानिये इसमें जो सुख और संतुष्टि है, उसकी आप कल्पना भी नहीं कर सकते और यही सबसे बड़ा धर्म भी है।"*

# बच्चों को विश्वास दें, मित्र बनें और कहें, मैं हूँ ना

आज विश्व बहुत तेज गति से आगे बढ़ रहा है। कहना चाहिए भाग रहा है। आज नित नए आविष्कार, नए गेजेट्स, मोबाइल, लैप-टॉप और बहुत कुछ और वह भी बहुत तेजी से बाजार में उपलब्ध हो रहें हैं और फिर आज उपभोक्तावाद का दौर है। जिसमें हम हमारे बच्चों/बच्चियों को जीवन के हर पायदान पर आगे ही आगे बढ़ने और कहीं वो पिछड़ ना जायें इस डर से हर सुख-सुविधा मुहैया कराना चाहते हैं और आज प्रत्येक माता-पिता अपनी हैसियत व सीमा से कुछ ज्यादा ही कर भी रहे हैं। इसमें कोई दो राय नहीं है।

पर इस भागदौड़ की जिन्दगी में कहीं ना कहीं हम हमारे बच्चियों/बच्चों से दूर होते जा रहे हैं। हम माँ-बाप बच्चों के लिए बढ़िया स्कूल, कॉलेज, ट्यूशन, कोचिंग, ऐशो-आराम आदि व्यवस्थायें मुहैया कराने के लिए जी-तोड़ मेहनत कर रहे हैं। इसके लिए ज्यादा कमाने की भी जरूरत है और ज्यादा कमाने के लिए ज्यादा वक्त भी देना पड़ता है। जिससे हमारे पास खुद अपने बच्चों के साथ समय बिताने को वक्त कम होता जा रहा है। वहीं बच्चे अपनी पढ़ाई, ट्यूशन, कोचिंग, इन्टरनेट, मोबाइल, लैप-टॉप, विडियो गेम्स, इन सब में इतना व्यस्त हैं कि उनके पास भी अपने मम्मी-पापा, दादा-दादी, बड़ों से अपनी हर छोटी-छोटी बातें/चीजें बताने, साझा करने, Share करने का वक्त नहीं है या कहें कम है।

मेरा यकीन मानिये जितने भी बलात्कार, यौन अपराध, अपहरण, छेड़छाड़, तेजाब-जनी आदि जो अपराध होते हैं। इनमें से बहुत बड़े प्रतिशत में यह अपराध Formation of crime, प्लानिंग, रैकी का हिस्सा होते हैं। अर्थात् कई दिनों की छेड़छाड़, रैकी, परेशान करना, धमकाना, तंग करना, उलाहने, प्रलोभन, कोई प्रपोजल, कमेंट, कटाक्ष या किसी भी अन्य तरीके से। यह Full Proof है जो आँकड़े बयाँ कर रहे हैं।

मतलब समझे आप, यानी के अगर अपनी बच्चियों और बच्चों से हमारे मित्रता के, विश्वास के और शांति से उनकी बात सुनने-समझने के रिश्ते होंगे तो हमारी बच्ची/बच्चा उस पहले ही दिन जब उसे किसी ने रोका-टोका, धमकाया, गलत इरादे से उपहार या कोई प्रपोजल दिया। उसके साथ छींटाकशी हुई, उसे छेड़ा गया या खुद बच्ची/बच्चे ने महसूस किया कि कई दिन से कोई उसे गन्दी नज़र या गलत इरादे से देख रहा है। छू रहा है, गलत व्यवहार कर रहा है, उसका पीछा कर रहा है। उसी पहले दिन अपने मम्मी-पापा, भाई-बहन, दादा-दादी या अपने बड़ों जिसे भी वो अपनी परेशानी बताने में सहुलियत महसूस करे बता देगी/देगा, Share करेगा और उस वक्त आप माता-पिता उसकी बात शांति से सुनकर सबसे पहले अपनी लाडली/लाडले को गले से लगाएँ। उसे प्यार करें, उसके सिर पर अपनेपन से हाथ फिराएँ, सहलाएँ, उसे हिम्मत दें और उसे विश्वास दें और कहें कि बेटा जी इसमें तुम्हारी कोई गलती नहीं है और तुमने बहुत अच्छा किया कि बिना देर किये तुरन्त हमें अपनी परेशानी बताई। तुम्हें बिल्कुल भी डरना, घबराना नहीं है। हम हैं तुम्हारे साथ, न केवल इस वक्त बल्कि जीवन के हर मोड़ पर। जब भी तुम किसी मुसीबत में होगे और तुम्हें हमारी सहायता की, मदद की

जरूरत होगी, हम हमेशा तुम्हारे लिए, तुम्हारे साथ खड़े मिलेंगे। हम वादा करते हैं कि कभी भी तुम्हारे साथ कुछ भी गलत नहीं होने देंगे और तुम भी हमें वादा करो कि अगर भविष्य में भी कभी, कोई भी बात हो, चाहे छोटी सी भी, तुम इसी तरह हमें अपनी हर परेशानी, दुविधा बताओगी/बताओगे।

तो पता है क्या होगा, पहला तो आपकी बच्ची/बच्चे को हौंसला मिलेगा, ताकत मिलेगी। उनका आत्मविश्वास जो टूट गया था वो बढ़ेगा, बच्ची/बच्चा खुद को कसूरवार नहीं मानेगा और इसी तरह भविष्य में भी हर बात, परेशानी आपसे साझा/Share की जाएगी। क्योंकि सबसे बड़ा सच यही है कि 'जिस तरह से हम माता-पिता अपने बच्चों से बेहद प्यार करते हैं, उसी तरह बच्चों के लिए भी उनके मम्मी-पापा ही दुनिया में सबसे प्यारे, सबसे मूल्यवान और उनकी दुनिया होते हैं।' वहीं दूसरा और अहम् यह होगा कि यह बात जो आगे जाकर एक बड़े अपराध, दुर्घटना का रूप ले सकती थी। आप उसे पहले पायदान पर ही नियंत्रित/Control कर सकते हैं। पुलिस/प्रशासन की मदद ले सकते हैं और अपराधी या बदनियत व्यक्ति को पहले ही कदम/प्रयास पर असफलता मिलेगी। उसे अपने नापाक इरादों में मुँह की खानी पड़ेगी और वो आपकी और समाज की नजरों में आ जाएगा और कम से कम दोबारा आपकी बच्ची/बच्चे को तो तंग नहीं ही करेगा।

जब हर घर-परिवार का यह माहौल बनता जाएगा तो इस विश्वास के माहौल से अपराधों की संख्या में चमत्कारिक रूप से बहुत कमी आती जाएगी।

*और यह शुरुआत आपको अपने घर से करनी है।*

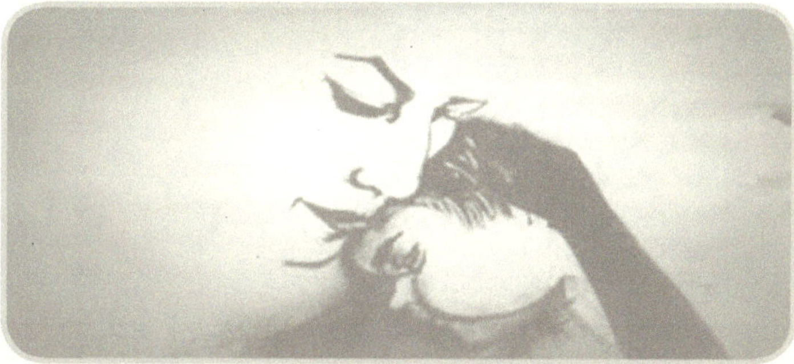

*"संसार में प्यार से बढ़कर कोई तिलिस्म नहीं, माता-पिता के चरणों से इतर कोई स्वर्ग नहीं, माँ के आँचल से बढ़कर कोई छाँव नहीं, पिता से बढ़कर कोई ताकत नहीं, बहन से बढ़कर कोई शुभचिंतक नहीं, बेटी से बढ़कर कोई प्यारा नहीं, पत्नी से बढ़कर कोई दोस्त नहीं और अपनी नजरों से गिरने से बड़ी कोई सजा नहीं। यही इस जीवन की सच्चाई है तो आप सोच और समझ सकते है कि हमें क्या सहेजना और संभालना है?"*

◆◆◆

*"जब आप सवाल पूछने की ताकत रखते हैं। अपने हक़ के लिए आवाज उठाते हैं और गलत को 'ना' कहते हैं तो यह इस बात का संकेत है कि आप अपनी स्वतंत्रता के प्रति जागरुक इन्सान हैं। जो खुद को हकीकत में आजाद और स्वतंत्र मानता है।"*

*"इसी तरह जब आपके देश के कानून और प्रशासन से भी आपको स्पष्टतया त्वरित न्याय मिलता है। आपको सुना जाता है। तो यह इस बात का संकेत है कि आप एक स्वतंत्र, संप्रभु व विचारशील देश के नागरिक हैं।"*

"आज सम्पूर्ण विश्व में बढ़ते अपराधों को देखते हुए हर देश अपने नागरिकों और खासकर औरतों की सुरक्षा के प्रति चिंतित है और इसके लिए अपनी ओर से हर संभव कोशिश/प्रयास कर रहा है। जिसमें हर समय अपने साथ chilly spray या कुछ भी जो आप जरूरत पड़ने पर अपनी रक्षा करने के लिए इस्तेमाल कर सकें, आदि चीजें अपने साथ रखने की सलाह दी जा रही है। पर हथियार चूक सकता है, उसे छीना जा सकता है। लेकिन अगर आप शारीरिक और मानसिक रूप से तैयार हैं तो यकीन मानिये आपको कोई न कोई मौका जरूर मिलेगा जब आप अपनी रक्षा करने का प्रयास करके सफल हो सकते हैं। लेकिन उस वक्त आपको पता होना चाहिए कि आपको करना क्या है। वार कहाँ करना है, अपराधी को चोट कहाँ पहुँचानी है। हमारे शरीर के कुछ भाग ऐसे होते हैं जहाँ चोट करके हम हमारे विरोधी को कुछ समय के लिए चित्त कर सकते हैं। जो हमें आत्मरक्षा के प्रशिक्षण में सिखाया जाता है। इसके लिए आपको कुछ प्रशिक्षण, कुछ तैयारी करनी होगी और इसमें हमें कोई हर्ज भी नहीं होना चाहिए। जबकि यह तैयारी वक्त पड़ने पर हमें हमारी रक्षा करने में मदद करेगी। इसलिए हमें अपनी सुरक्षा के लिए यह करना ही होगा और वह भी अब और समय गवाएँ बिना और आज से ही..."

# परवरिश... अपने बच्चों को प्यार, भावना और सकारात्मकता से सींचें

यह कहने या सोचने में बड़ा अजीब सा लगता है कि मैं किसी भी माता-पिता, अभिभावक से यह कहूँ। क्योंकि प्रत्येक माता-पिता चाहे स्वयं कैसी भी स्थिति में रहें हों पर अपने बच्चों से बहुत प्यार करते हैं और अपनी हर मुमकिन कोशिश से उनकी परवरिश में कोई कमी नहीं रहने देना चाहते। मुझे मुआफ करें, मैं थोड़ा अलग नजरिये से बात करना चाहता हूँ। क्योंकि हम यहाँ इस सोच के साथ हैं कि हमारे देश का प्रत्येक बच्ची/ बच्चा अपना स्वयं का रक्षक बने और उसकी सोच इस तरह से विकसित हो कि वह स्वयं में इतना सक्षम और सकारात्मक सामाजिक नागरिक बने जो ना केवल अपने बल्कि अन्य के भी जीवन की रक्षा और विकास को सुनिश्चित करे।

◦ सबसे अहम् और पहला हमारे बच्चे प्रलोभनों से दूर रहें।

◦ अपने बच्चों को इतना प्यार दें कि वह खुद को दुनिया का सबसे भाग्यशाली बच्चा माने, इस बात से कोई फर्क नहीं पड़ता कि उसके पास कितने भौतिक संसाधन हैं। क्योंकि 'आपका प्यार ही उसके लिए दुनिया की सबसे बड़ी ताकत और धन है।'

◦ अपने बच्चों को पूरा वक्त दें जिसकी वो आपसे हमेशा कामना करता है। उसके साथ हँसे, रोयें, खेलें, उसकी हर बात पूछें। उसके दोस्त, उसकी शैतानियाँ, हर चीज का हिस्सा बनें। उसकी पहली स्कूल यूनिफॉर्म, उसकी बनाई वो पहली पेंटिंग,

प्रथम डिबेट, मार्च पास्ट, स्कूल का उसका पहला स्टेज प्रोग्राम, उसके हर पल में आप उसके साथ मौजूद रहें। उनकी हर चीज को आप इतना Special/महत्वपूर्ण बना दें, कि वो खुद की कभी किसी और से तुलना नहीं करेगा। क्योंकि यह तुलना का बोझ ही आपके बच्चों को सबसे ज्यादा तोड़ता है।

◦ अपने बच्चों को भावनात्मक रूप से मजबूत बनायें। उनके सामने हमेशा अच्छे उदाहरण प्रस्तुत करें। जैसे बड़ों से व्यवहार, उनके सामने अपने माता-पिता, बुजुर्गों की सेवा-सम्मान करें। बड़ों का आदर करें, पाँव छुएँ, उनके सामने हमेशा शालीनता से अच्छी भाषा का प्रयोग करें। कभी भी उन पर या उनके सामने किसी पर झल्लाएँ नहीं। जानवर को रोटी खिलाना, पक्षियों को दाना डालना, जरूरतमंद को कुछ दान देना। यह सब काम आप उनके सामने करें या करते समय उनको अपने साथ रखें। क्योंकि बच्चे के पहले Role Model/Hero उनके माता-पिता ही होते हैं। दुनिया का हर बच्चा अपने मम्मी-पापा की नकल करते हुए ही बड़ा होता है। उसके सामने आप जैसा व्यवहार करेंगे वह अपने आप वैसा बन जाएगा। जरूरतमंद को कुछ देने से वह देने का सुख या कहें देने का धर्म समझेगा न कि सिर्फ लेने ही का। क्योंकि 'खुशियाँ बाँटने से ही बढ़ती हैं और दुःख बाँटने से कम होता है।'

◦ घर में हमेशा अच्छी प्रेरणादायक किताबें, महान लोगों की जीवनियाँ आदि रखें। उनके सामने आप मियां-बीबी या अपने परिवारजन के साथ सामाजिक मुद्दों पर सकारात्मक चर्चाएँ करें व उनकी सामर्थ्य अनुसार उन्हें भी चर्चा में शामिल करें और बातों-बातों में समाज, समाज में हमारी भागीदारी, हमारे कर्तव्य/अधिकार/हक़ आदि के बारे में बताएँ।

◦ यह सब Step by Step चलता है और इन सब चीजों के साथ हमारे बच्चे/बच्चियों की समझ परिपक्व होती जाती है। फिर आप उसे सकारात्मक और नकारात्मक के बारे में बताएँ कि बेटा/बिटिया जीवन में हमेशा आपके सामने दो रास्ते, दो विकल्प मौजूद रहेंगे। एक अच्छाई और सच का तो दूसरा बुराई और झूठ का और दूसरा रास्ता हो सकता है आपको आसान/ सरल और आपकी पहुँच में लगे। परन्तु हमें हमेशा अच्छाई और सच के साथ ही चलना है। क्योंकि बुराई और झूठ क्षणिक और बहुत थोड़े समय के लिए अस्तित्व में रहते हैं। जबकि सच और अच्छाई शाश्वत, सार्वभौमिक, निरन्तर रहने वाले होते हैं। जो जीवनभर आपको सम्मान और सर ऊँचा करके जीने की ताकत और वजह देते हैं और यही रास्ता समाज और ईश्वर ने हमारे लिए तय भी किया है।

◦ आप उन्हें बताएँ कि हम उनके सपनों को, उनकी चाहत को पूरा करने में उनकी हर सम्भव सहायता करेंगे। लेकिन सपनें और चाहत सही दिशा व समाज हित में और उनके हित में हों इसका चुनाव जिम्मेदारी से करना सिखाएँ। आप उन्हें अपनी हद, हैसियत, काम व सीमाएँ भी समझाएँ। ऐसा न होने दें कि बच्चे आपको अलादीन का चिराग मानने लगें। जो उनकी हर इच्छा/ख्वाहिश को चुटकी बजाते ही पूरी कर देते हैं। क्योंकि जिस दिन किसी भी वजह से आप उनकी किसी जायज या नाजायज फरमाइश को पूरा नहीं कर पाएँगे वो इसे सहन नहीं कर पाएँगे।

◦ इसके साथ-साथ आप बच्चों को अच्छाई-बुराई, सही-गलत, जायज-नाजायज में फर्क करना और उनका मतलब समझाएँ। क्योंकि जब तक उन्हें यही पता नहीं होगा कि अच्छा-बुरा,

जायज-नाजायज, वैध-अवैध क्या होता है? तो वो अपने लिए इनका चुनाव कैसे कर पाएँगे?

◦ इसी तरह आगे बढ़ते हुए माता-पिता अपनी बेटी/बेटों को स्पर्श, छूने, Touch करने के बारे में बताएँ कि अच्छे-बुरे स्पर्श, नीयत-बदनीयत में क्या अन्तर है और घर, परिवार, गली-मोहल्ले आदि में उनके साथ कोई छेड़छाड़, तंग करना या कोई अनर्गल वार्तालाप तो नहीं करता। यह समय-समय पर उनसे पूछते रहें।

◦ घर-परिवार में और जब हम बाहर जाते हैं तो हमारे व्यवहार के बदलाव, शालीनता, समझ, चौकन्ना रहना, अपना ध्यान रखना, इन सबके बारे में बताएँ।

◦ दोस्त-अजनबी-जानकार के फर्क को समझाएँ।

◦ बच्चों को सफर करना, ट्रेवलिंग करना सिखाएँ। बस, ट्रेन, टैक्सी आदि से रूबरू कराएँ, उनकी जानकारी में लाएँ। क्योंकि यहीं पर इन्सान सबसे ज्यादा सीखता भी है और उनके साथ सबसे ज्यादा अनहोनी होने का डर भी यहीं होता है।

◦ समय आने पर या कहें सही समय पर बच्चों को पसन्द, प्यार, रिश्ते, शादी के बारे में बताएँ।

◦ सबसे बड़ी बात, बच्चों की हर जिज्ञासा को शांत करें, माकूल जवाब दें। जहाँ तक हो सके उन्हें संतुष्ट करें। क्योंकि बालक मन में बहुत सवाल होते हैं। हर चीज के प्रति उत्सुकता और जल्द से जल्द जानने की भूख होती है। इसलिए वह हर समय हमसे सवाल पूछते रहते हैं। इसलिए इस बात का खास ध्यान रखें कि उन्हें कभी नज़रंदाज ना करें, टाल-मटोल ना करें। क्योंकि जब वह खुद से अपने सवालों के जवाब खोजने शुरू करेंगे या किसी और से पूछेंगे तो यह उनके लिए और हमारे

लिए भी मुश्किल पैदा कर सकता है। एक जरूरी बात और कि जिज्ञासा के भंवर में जोश में होश न खोएँ, इसका ध्यान रहे।

◦ बच्चों में प्रतिस्पर्धा के साथ अपनेपन के बीज भी डालें।

◦ अजनबियों से कुछ उपहार लेना, खाने-पीने की चीजें लेना, अजनबियों को लिफ्ट देना और लेना इन सब बातों पर उन्हें विचारशील बनायें और समझाएँ और अजनबी की सही पहचान करना भी सिखाएँ।

◦ बच्चों के साथ हर्डल गेम्स खेलें, खेल-खेल में उन्हें चुनौतियाँ दें और उन्हें सिखाएँ/समझाएँ कि इसी तरह जीवन भी है। इसमें भी इसी तरह हर्डल/मुश्किलें/चुनौतियाँ आती हैं और हमें इसी तरह ठंडे दिमाग से, समझदारी से और बहादुरी से इन्हें हल करते हुए आगे बढ़ना है।

◦ जहाँ तक संभव हो सके अपनी बिटिया/बेटे की किसी भी एक आउटडोर खेल में रुचि पैदा करें। उसे इसके लिए प्रेरित करें। मैं यहाँ शारीरिक चुस्ती-फुर्ती के लिए ऐसा कह रहा हूँ। क्योंकि Sports में बहुत ताकत होती है। Sports में इन्सान खेलना, दौड़ना, भागना, जीतना, हारना और हराना सीखता है। जहाँ वो जीत की खुशी मनाता है, वहीं अपनी हार को पचाना भी सीखता है और यही चीज उसे जीवन की सबसे अहम् शिक्षा और जरूरी पाठ पढ़ाती और सिखाती है और इसी तरह आपके बच्चे के उस Natural Talent को बाहर लाने में आप मदद करें जो भगवान्/विधाता ने प्रत्येक इन्सान को पैदा करते वक्त उपहार स्वरूप दी है।

◦ इस तरह से हमने हमारे बच्चे के जीवन में, उसकी परवरिश में हर चीज का समावेश किया है। उसे प्यार, वक्त,

सम्मान दिया है। उसके लिए सपने संजोये हैं। उसे सकारात्मक, नकारात्मक, अच्छाई, बुराई का फर्क समझाया है। अपना-पराया पहचानना सिखाया है। Sports skill दी है। भावनात्मकता दी है। सामाजिकता दी है और फिर जब वो स्कूल-कॉलेज जाता है, तो किस ओर अपना कैरियर/भविष्य बनाना है। यह सब तो वह स्वयं और आपके सलाह और सुझाव से तय कर ही लेता है। आपको बस अपनी तरफ से उनकी हर सम्भव मदद करनी है।

◦ इसी बीच हमें अपने बच्चों को अपनी आत्मरक्षा के बारे में भी बताना, सिखाना और समझाना है कि आप विश्व/ब्रह्माण्ड के किसी भी हिस्से में रहें या हों। आपको अपनी रक्षा, सम्मान, हक़, अधिकार और कर्तव्यों के प्रति पूर्ण रूप से सजग रहना है और हर कीमत पर स्वयं की व मुमकिन हो सके तो अन्य के भी शरीर और जीवन की हिफाजत करनी है और हमेशा बुरे वक्त में डरने की जगह दिमाग लगाना है।

Note: *कोई भी डर, शर्म, लिहाज, शंका और मर्यादा आपके जीवन, आत्मसम्मान और इज्जत से बड़ी नहीं हो सकती और होनी भी नहीं चाहिये...*

*"आपके माता-पिता आपकी आधी दुनिया हो सकते हैं। पर हर माता-पिता के लिए उनके बच्चे ही उनकी पूरी दुनिया होते हैं... इसलिए हो सकता है आप उनकी कोई उम्मीद पूरी ना कर पायें या उन्हें निराश कर दें। क्योंकि माता-पिता के लिए उनके बच्चों की हिफाजत और सुरक्षा से बढ़कर कुछ भी नहीं होता। जबकि बच्चों के लिए अन्य बातें ज्यादा अहमियत रखती हैं। इसलिए कभी भी अपने मम्मी-पापा का दिल मत दुखाएँ, उन्हें खून के आँसू ना रुलाएँ Just love them..."*

*"आत्मरक्षा... मेरा हक़... किसी भी कीमत पर अपने आप में एक पूरा Mission है और आपके सहयोग से जो इस विषय को हमारी परवरिश और शिक्षा तंत्र में शामिल कर लिया गया तो यह कई स्तर पर हमारे लिए चमत्कारी और बुनियादी फायदे सुनिश्चित करेगा। सबसे पहला तो जीवन के पहले पायदान पर ही हमारे बच्चे/बच्चियाँ अपने अभिभावकों द्वारा इसे जानेंगे। फिर School & College स्तर पर शिक्षकों द्वारा। फिर हमारा प्रयास यह है कि इस विषय को उस स्तर तक Promote किया जाये कि देश/समाज का प्रत्येक नागरिक इस बात से वाकिफ हो जाए कि हर बच्ची/बच्चा अपनी आत्मरक्षा, सुरक्षा के अधिकार, हक़ और इसकी सीमाओं और कानून द्वारा की गयी व्यवस्था के प्रति जागरुक और आश्वस्त है। जिससे जहाँ प्रत्येक बच्ची/बच्चा पूर्ण आत्मविश्वास में होगा कि जरूरत पड़ने पर उसे क्या करना है? वहीं जो अपराधिक मन:स्थिति लोग हैं वे ठीक उसी तरह भय में रहेंगे जिस तरह हमारी न्यायपालिका ने आज अनेक ढोंगी, बलात्कारी और फरेबी बाबाओं और भोली-भाली जनता से विश्वासघात करने वाले लालची धर्म गुरुओं को उनकी वास्तविक जगह Jail पहुँचाकर न केवल उनको बल्कि जो ऐसी सोच रखते हैं, उनके भी दिलो-दिमाग पर चोट कर दी है जो अब कोई भी हिमाकत करने से पहले हजार बार सोचेंगे कि अब हम कमजोर नहीं हैं और वक्त पड़ने पर अन्दर घुसकर भी मुँहतोड़ जवाब दे सकते हैं... इसी तरह अब बलात्कारी, हत्यारे और अपहरणकर्ता और अन्य अपराधी भी इस भय में रहेंगे कि जिस बच्ची/बच्चे को वो अपना कमजोर शिकार मान रहे हैं*

*वो अपने आत्मरक्षा के प्रति अपने समस्त हक़, अधिकारों और कानून द्वारा दी गई रियायत को जानते हुए पूर्ण आत्मविश्वास से सराबोर हैं और जरूरत पड़ने पर तुम्हारी मृत्यु तक भी करने का सामर्थ्य रखती/रखते हैं और वो इससे चूकेंगे नहीं। तो अपराधी भी Back foot पे रहेंगे। फिर एक माहौल होता है। जब यह Positive होता है तो बड़े-बड़े चमत्कार भी यूँ ही होने लगते हैं। बस यह माहौल तो बने... और इसे बनाना हमारे हाथ में है।"*

# आत्महत्या... एक अभिशाप

इन्सान की सबसे बड़ी ताकत होती है उसकी भावनात्मकता। क्योंकि एक भावुक इन्सान हार तो सकता है पर टूटता नहीं है। क्योंकि जब इन्सान टूट जाता है तभी वह सबसे बड़ी गलतियाँ करता है। भावुक इन्सान कभी अकेला नहीं होता क्योंकि वह अपने आप को किसी न किसी चीज से जोड़ ही लेता है। इसलिए अपने बच्चों के साथ भावनात्मक रूप से जुड़ें और उन्हें सम्मान दें, महत्त्व दें, उनकी निजता का सम्मान करें। उन्हें यह विश्वास दिलाएँ कि कभी भी, कहीं भी, चाहे दुनिया इधर की उधर हो जाये, आप हमेशा उनके लिए हैं। उनकी जगह हमेशा वही रहेगी जो बचपन से उनके लिए है। वो सदा आपके लिए खास रहेंगे। इसलिए जीवन के किसी भी मोड़ पर खुद को कभी भी अकेला महसूस ना करें। आप उनसे यह वादा लें कि वो जिस तरह बचपन में अपनी हर छोटी से छोटी समस्या पर बातें उनसे साझा करते थे, बताते थे। उसी तरह जीवन के हर मोड़, हर अवस्था में, उम्र के किसी भी पड़ाव पर वही करें क्योंकि चाहे कितनी भी उम्र हो जाये बच्चे सदा अपने माता-पिता के लिए बच्चे ही रहेंगे, यही सत्य है।

जब प्रत्येक माता-पिता का अपने बच्चों से ऐसा भावनात्मक जुड़ाव होगा तो मेरा यकीन मानिये 70-80% तक आत्महत्या रुक जाएँगी। आत्महत्या किसी भी व्यक्ति की वह मानसिक स्थिति होती है जब इन्सान इतना टूट जाता है। खुद को इतना अकेला और तन्हा पाता है कि जो तनाव उसके मन में है, उसके बोझ

को उठा पाना, अब उसके लिए बहुत मुश्किल, असहनीय हो जाता है और उसके मन में रह रहकर अपनी जिन्दगी को खत्म करने के खयाल आते रहते हैं और तनाव में, मायूसी में वो यह अनहोनी कर बैठता है। पर अगर वो भावनात्मक रूप से किसी से भी जुड़ा हो और उसके सामने अपनी स्थिति को रख दे तो आधा तनाव तो बताने भर से ही चला जाएगा। क्योंकि दिल की बात कह देने से मन का बोझ हल्का हो जाता है और बाकी का आधा तनाव उसके हिम्मत भरे इन वाक्यों से कि, "कोई नहीं, मैं हूँ ना, सब ठीक कर लेंगे, तुम चिंता मत करो"।

*कसम से इन शब्दों में बड़ी ताकत है।*

*"हमारी सबसे बड़ी कमजोरी हार मान लेना, मायूस हो जाना है... सफल होने का निश्चित तौर पर केवल एक और सिर्फ एक तरीका है, हमेशा एक बार और कोशिश, एक और प्रयास करना।"*

# नारी माँ दुर्गा, माँ सरस्वती और माँ लक्ष्मी का रूप है

प्राचीन काल से भारत में, हमारे समाज में नारी को, औरत को पूजा जाता है। नारी को माँ दुर्गा, माँ सरस्वती और माँ लक्ष्मी जी का अवतार माना जाता है। औरत को आधी दुनिया कहा और माना जाता है और यह सर्वथा सत्य भी है और शायद ऐसा कोई भी नहीं जो एक औरत के हमारे जीवन में योगदान को झुठलाना चाहे। क्योंकि हम नारी के रूप में अपने जीवन में माँ, बहन, बेटी और पत्नी की अहमियत को समझते हैं।

इसके साथ ही साथ यह भी सर्वथा सत्य है कि प्राचीन काल से ही औरत ने पैदा होते ही मारना, भाई-बहन में फर्क करना, लड़कियों को नहीं पढ़ाना, लड़कों से कम समझना, बाल-विवाह, कम उम्र में बच्चे पैदा करना, जबरन उठा ले जाना, जबरन विवाह करना, बेचना, संपत्ति में हिस्सा नहीं देना, सती-प्रथा, बलात्कार, घरेलू हिंसा और न जाने कितने ही अत्याचार सहे हैं।

आज के परिदृश्य में व्यक्तिगत अनुभव से मैं यह कह सकता हूँ कि इन सब बातों में बहुत बड़े स्तर पर सधार हुआ है। परन्तु इस बात से कोई इंकार नहीं कर सकता या मुँह नहीं मोड़ सकता कि आज भी औरत कन्या भ्रूण-हत्या, बहुत जगह बाल-विवाह, यौन शोषण, दहेज हत्या, बलात्कार, अपहरण, घरेलू हिंसा आदि दंश झेल रही हैं। जो एक सभ्य समाज के मुँह पर कभी न मिटने वाला कलंक और अभिशाप है।

आज हमें एक बार फिर दृढ़ प्रतिज्ञ होना होगा और खुद से यह वादा करना होगा कि हमारा देश और समाज पूर्ण रूप से अपराध मुक्त बने और कम से कम औरत पर होने वाले जुल्म तो बिल्कुल समाप्त/खत्म/बंद हो जाएँ और हमारी नारी सदैव माँ दुर्गा, माँ सरस्वती, माँ लक्ष्मी जी के रूप में ही सम्मानित हो, जो कि उसकी सही जगह और उसका हक़ है।

जिस घर/देश/समाज में औरत का सम्मान होता है। उसे पूजा जाता है, वह घर/देश/समाज स्वर्ग के समान है और वहाँ खुशहाली ही खुशहाली और सम्पन्नता होती है। कहा भी गया है कि, "यत्र नार्यस्तु पूज्यन्ते, रमन्ते तत्र देवता।" मतलब जहाँ नारी को पूजा जाता है वहाँ भगवान् का निवास होता है।

मैं यह संकल्प मेरे देश के इन होनहार बच्चे-बच्चियों से चाहता हूँ कि आज आप ये कसम लें, खुद से प्रतिज्ञा करें कि इनमें से किसी भी और इनके अलावा किसी अन्य अपराध में भी, कभी भी भागीदार नहीं बनोगे, शिकार नहीं बनोगे और जहाँ तक संभव हो सके किसी अन्य को शिकार बनने भी नहीं दोगे। क्योंकि आप ही आगे होने वाले युवा, बुजुर्ग और इस देश के कर्णधार हो। क्योंकि जो जैसा व्यक्तित्व अपने बचपन में अपना लेता है, वैसा ही वो ताउम्र रहता है।

जो चरित्र, व्यवहार, समझ, सोच, दृष्टिकोण हमारे बचपन में हम धारण कर लेते हैं वही हमारी पहचान बनकर उम्र भर हमारा साथ देते हैं और कोई भी परिस्थिति, लालच, कीमत या प्रलोभन इन्हें बदलने की ताकत नहीं रखतीं और यह सत्य ही कहा गया है कि, 'चाहे जो हो जाये इन्सान का चरित्र और फितरत कभी नहीं बदलती।'

इसलिए आज ही अपने को गढ़ लें कि हमें डॉक्टर, इंजीनियर, वकील, न्यायाधीश, शिक्षक, पायलेट, फौजी, खिलाड़ी, व्यापारी, नेता, अभिनेता, वैज्ञानिक या जो भी हम बनना चाहें बनें और हम बनेंगे। पर एक वादा आज हम खुद से यह भी करते हैं कि हम एक इन्सान के तौर पर पैदा हुए हैं और ताउम्र एक इन्सान बने रहेंगे। इंसानियत का धर्म निभाएँगे और जिस तरह हम खुद से बेहद प्यार करते हैं। खुद का सम्मान करते हैं, सपने देखते हैं, आगे बढ़ना, सफल होना चाहते हैं। उसी तरह ईश्वर/भगवान् के बनाए हर इन्सान को भी वही मान-सम्मान, हक़, जगह, स्थान और तवज्जो देंगे जो हम किसी से भी खुद के लिए चाहते हैं और हमेशा स्वस्थ मानसिकता और स्वस्थ प्रतिस्पर्धा का पालन करेंगे।

जहाँ तक मैं समझता हूँ यह इतना मुश्किल या कठिन कार्य नहीं है। हमें किसी और से कुछ नहीं करवाना है, केवल खुद से/स्वयं से वादा करना है। अच्छे बनने और हमेशा अच्छे बने रहने का।

प्रत्येक इन्सान के दो रूप/पक्ष होते हैं। एक अच्छा और एक बुरा पक्ष, बस हमें अपनी अच्छाई को इतना गढ़ना है, मुखर बनाना है, तराशना है कि हमारे अंदर की बुराई या बुरा पक्ष कभी भी अपना सिर नहीं उठा सके और हमें अपने संस्कार और सदाचार के पथ से डिगा नहीं सके।

*'करते हैं ना आप खुद से यह वादा।'*

*"'आइना/दर्पण' बहुत बार सुनने में आता है कि गलती हो गई। मुझे सही-गलत का ज्ञान नहीं था, या नशे में, या बालकपन में कोई अपराध या कहें कोई भूल हो गई... क्या ऐसी भूल होती है? कुछ भी करने से पहले एक बार अपने अंतर्मन से पूछ कर देखें कि क्या जो मैं यह कर रहा हूँ, क्या यह मेरे लिए भी ठीक है और क्या यह मैं अपने साथ भी होने दे सकता हूँ और मेरा दावा है कि 'सेकंड के सोवें' हिस्से में जवाब आता है कि नहीं... नहीं... बिल्कुल भी नहीं। आपको अपने सवाल का जवाब मिल गया। अब यह आप पर है कि क्या अब भी आप ऐसा व्यवहार किसी भी अन्य के साथ करेंगे जो आप खुद के विरुद्ध सोच भी नहीं सकते। यह आइना और दर्पण उस भगवान् ने पैदा करते वक्त हम सबके अंतर्मन में जरूरी अंग की तरह प्रविष्ट किया है। लेकिन दुर्भाग्यवश हम में से कुछ ही इसका इस्तेमाल करते हैं और हमारे अन्तर्मन की आवाज को दबाकर ना जाने कितने गलत-सलत कामों में लिप्त होकर अपने विश्वास को छलनी करते हैं..."*

## "संवेदनशीलता/*Humanity*"

"इन्सान और Computer या मशीन में सबसे बड़ा फर्क यह है कि इन्सान के पास दिल है जिसमें भावनाएँ, संवेदना, फिक्र, तड़प, दर्द है और इंसानियत उसका नाम है जब इन्सान न केवल खुद का बल्कि अन्य के भी दुःख, दर्द, तड़प को महसूस कर सके और यह इंसानियत हम सब में है, मेरा तो यही मानना है।

संसार में कहीं भी जो अपराध, पाप, अत्याचार, दरिंदगी इन्सान के द्वारा की जा रही है वो उस अपराध को करने वाले इन्सान के अन्दर की इंसानियत के खत्म हो जाने की वजह से ही होता है। पर हम यहाँ इनके अलावा बात कर रहे हैं। संवेदनशील इन्सान कभी भी अपनी जिम्मेदारी से आँख नहीं चुरा पाता। फिर जब वो संवेदनशील इन्सान एक पुलिस, वकील, न्यायाधीश, डॉक्टर, अध्यापक, नेता, प्रशासक, विद्यार्थी, सैनिक, पड़ोसी, रिश्तेदार, ड्राईवर, भिखारी, व्यवसायी, जमादार, अजनबी या कह देना चाहिए कि कोई भी होता है। जिस वक्त एक पीड़ित को उसकी मदद की जरूरत होती है या वो पीड़ित उसके समक्ष होता है तो उस वक्त उस इन्सान की संवेदना अपनी जिम्मेदारी निभाती है या नहीं या किस हद तक। इसी से एक सभ्य और सुरक्षित समाज की दिशा तय होती है... आप यहाँ खुद को किस स्थिति में पाते हैं इसका फैसला आपके हाथ में है।"

# अपने लिए, ईश्वर के लिए, अपने माता-पिता, पति-पत्नी के लिए खुद को बचा के रखिये, अपना खयाल रखिये

यकीन मानिये जब-जब मेरे मम्मी-पापा, बहनों, पत्नी ने कहा है कि अपना ध्यान रखो, संभल के रहो... अगर तुम्हें कुछ हो गया तो हमारा क्या होगा तो मैं यूँ ही टाल देता था कि हाँ-हाँ मैं ठीक हूँ। इसे कभी इतना गंभीर नहीं लिया। पर जब आज मैं खुद एक बेटी का पापा हूँ। तो यकीन मानिये मेरी दुनिया, मेरी सोच ही बदल गई है और आज मैं सही मायने में न केवल मेरे मम्मी-पापा बल्कि दुनिया के हर माता-पिता की चिंता, फिक्र, परवाह का मतलब समझा हूँ। उनके कहे और यहाँ तक की अनकहे एक-एक शब्द का मर्म मैंने आज जाना है और यह सच है कि जिस तरह आज समाज में बलात्कार, अपहरण और हत्या जैसे अपराध आम हो गए हैं तो मेरी उस बिटिया के भविष्य की चिंता और फिक्र ने ही मुझे इस विषय पर विचार करने और इसे आपसे साझा करने को प्रेरित किया है। इसीलिए मैंने एक बच्चे की परवरिश के पहले दिन से लेकर समाज के हर उस पहलू को इसमें शामिल किया है जो हमें एक बेहतर समाज बनाने की दिशा में एक अदद सहायता कर सकता है और इसमें मुझे आपकी मदद चाहिए होगी। हम सब मिलकर यह निश्चित तौर पर कर सकते हैं।

मेरी बच्ची अभी बहुत छोटी है। उसकी हर एक आहट पर मैं सोचता हूँ कि यह मुझे क्या कहना चाहती है। कहीं कोई

तकलीफ में तो नहीं है और जब वो रोती है तो सच मानिये कलेजा बाहर आने को होता है। भगवान से उसके लिए हर पल दुआ करता हूँ कि प्लीज वो सही रहे। उसे कोई परेशानी ना हो और मैं यह आपसे क्यों कह रहा हूँ... क्योंकि दुनिया का प्रत्येक माता-पिता हर पल भगवान् से अपने बच्चों के लिए यही दुआ करते रहते हैं। चाहे हम बचपन में कितने भी गैर जिम्मेदाराना रहे हों पर हम जब एक मम्मी-पापा बन जाते हैं तो पता नहीं कहाँ से यह जिम्मेदारी आ जाती है। शायद इन शब्दों में ही एक रूहानी ताकत है।

हमारे माता-पिता हमसे बेहद प्यार करते हैं। इतना कि हम क्या, दुनिया का कोई भी पैमाना इसके बारे में कोई भी अंदाजा तक नहीं लगा सकता। जब उनकी लाडली/लाडला घर से बाहर, कहीं दूर होते हैं तो उनको एक-एक साँस इतनी मुश्किल से आती है और एक-एक पल सदियों सा बीतता है। यह केवल वही समझ सकते हैं जो खुद एक माता-पिता हैं। उनके कलेजे को ठंडक, तसल्ली तब मिलती है जब उनकी बच्ची-बच्चा घर पहुँच जाते हैं, अच्छे से खा-पी और सो लेते हैं। आप अंदाजा भी नहीं लगा सकते कि दिन में कितनी मर्तबा वो अपने बच्चों के चेहरे पढ़ने की कोशिश करते हैं और खुद से कयास लगाते हैं कि उनकी बच्ची-बच्चा कुछ टेंशन में लग रहा है। कम हँस/बोल रहा है, उदास है आदि बातें उनके मन में हर पल चलती रहती हैं।

अगर मेरी दाढ़ी 3-4 दिन भी बढ़ जाती थी तो पापा को मुझे किस तरह संतुष्ट करना पड़ता था यह मैं ही जानता हूँ। उन्हें आश्वस्त करना पड़ता था कि मैं एकदम ठीक हूँ, आप यूँ ही परेशान हो रहे हैं। इसलिए मैं बाहर जहाँ भी रहा, चाहे

कैसे भी रहा हो, पर पापा के सामने हमेशा टिप-टॉप बनकर ही रहता था। मैं यह सब बातें आपसे इसलिए कह रहा हूँ कि एक माता-पिता के लिए उनके बच्ची/बच्चे से बढ़कर इस दुनिया में कुछ भी महत्वपूर्ण नहीं है। वो हर पल सिर्फ आपके अच्छे भविष्य, आपकी जरूरतों, ख्वाहिशों, सपनों को पूरा करने की चाहत में दिन-रात मेहनत करते हैं।

इसलिए बच्चों, आप हर हाल में संभलकर, सुरक्षित और महफूज रहें। अपने लिए, अपने पूजनीय माता-पिता के लिए, जिनके लिए आपकी खुशी और हँसी से बढ़कर दुनिया में कुछ भी नही है। क्योंकि वो आपको तकलीफ में देखकर, टूटा हुआ देखकर जीते-जी मर जाएँगे और उस ईश्वर के लिए भी अपना ध्यान रखें, जिसने आपकी रचना की है। हमें बनाया है। क्योंकि माता-पिता की ही तरह भगवान् के लिए हर प्राणी/इन्सान उनका बच्चा है। जिसे भगवान् बेहद प्यार करते हैं और हर उस इन्सान के लिए भी आप बहुत महफूज रहें जो आपसे बेहद प्यार करता है। विश्वास करता है और आपका इन्तजार कर रहा है।

## "Electronic Media"

*"आज के समय में हर घर में केबल कनेक्शन है और हमारे छोटे-छोटे बच्चे-बच्चियाँ अपने परिवार के साथ बैठकर इतनी तल्लीनता से वह सब देख रहे हैं जो हमारे टेलीवीजन पर परोसा जा रहा है। एक ओर जहाँ हम अपने बच्चों से हर नकारात्मक बात छुपाते हैं, वहीं बच्चे टेलीविजन पर सब देखकर समय से काफी पहले ही अपनी उम्र से बड़े हो रहे हैं।*

*इसके अलावा आज हर बच्चे के पास आधुनिक Phone है और Internet आज की वह जरूरत बन गया है जैसे एक बार खाना खाए बिना हम रह सकते हैं पर अपना Facebook और Whatsapp स्टेट्स Check & Update किये बिना नहीं रह सकते। Youtube और Internet पर हम सब जानते हैं कि एक गलती से जो उदाहरण के तौर पर यदि M की जगह H भी Click हो गया तो हम ना चाहते हुए भी एक ऐसी अनचाही दुनिया में प्रवेश कर जाते हैं जिसे देखना हमारे लिए कतई सही नहीं है। पर इन सब के बारे में हमें कौन बताये? क्या आप मानते हैं कि बच्चे ऐसी गलती होने पर हमें बताते हैं और क्या हम इसे नज़रंदाज कर लें। क्या यह सही है? नहीं... कम से कम हमारे अबोध बच्चे-बच्चियों के लिए तो बिल्कुल भी नहीं। तो इसका बीड़ा हम माता-पिता को उठाना होगा और यह सुनिश्चित करना होगा कि हमारे मासूम इन अनर्गल चीजों से बचें और उन्हें यह एहसास करवाया जाये कि यह सब Technology उनके फायदे और उज्ज्वल भविष्य के लिए है ना कि उनके नुकसान के लिए। इसके लिए आज से ही आपको दृढ-संकल्पित होना होगा और अपनी भूमिका का दायरा बढ़ाना होगा। बच्चे सही दिशा में जा रहे हैं यह तय करना होगा..."*

# आज समय की मांग है कि कानून सख्त हो, कड़ा हो

आज हमारे देश की जनसंख्या सवा सौ करोड़ से भी ज्यादा है। जो बढ़ती ही जा रही है और समय के अनुसार बढ़ेगी भी। हम सबकी सुरक्षा, निजता, सम्मान व समानता सुनिश्चित करना एक देश के संविधान, सरकार, कानून का सबसे अहम् और कठिन कार्य रहा है और रहेगा। यह कठिन जरूर है पर नामुमकिन नहीं। यह सिर्फ और सिर्फ एक तरह से हो सकता है। जब देश का कानून, नियम, शर्तें, दण्ड हर इन्सान के लिए न केवल कहने के लिए परन्तु व्यवहार में, प्रत्यक्ष में, हकीकत में भी एक समान हो और कानून अपना काम हर हाल, हर परिस्थिति में पूर्ण रूप से और सख्ती से करे और वह भी वक्त की मर्यादा में।

जब हम कानून की, नियम की बात कर रहे हैं तो इसका मतलब यह नहीं है कि हमें अपने महान देश के कानून, संविधान और इसके कर्णधारों पर कोई शंका है। लेकिन व्यक्तिगत राय और विचार रखने की समझ और अधिकार भी हमें हमारे संविधान ने ही दिया है जिसका मैंने एक छोटा सा प्रयास किया है।

◦ जो अवयस्क/विकृत चित्त व्यक्ति बलात्कार जैसा घिनौना अपराध कर दे वो अवयस्क/विकृत चित्त या पागल नहीं हो सकता। इसलिए उनके विरुद्ध सिर्फ और सिर्फ एक बलात्कारी अपराधी का व्यवहार हो।

◦ जो इन्सान 6-8 माह या 1-2-4 या इसी अवस्था/उम्र की अबोध बच्चियों/बच्चों के साथ बलात्कार, अप्राकृतिक मैथुन,

हत्या कर सकते हैं वो इन्सान कहलाने के भी लायक नहीं हैं। इसलिए इनके साथ इनके स्तर का ही व्यवहार और दण्ड सुनिश्चित किया जाए।

◦ जो कुंठित मानसिकता का इन्सान अपने नापाक इरादों के लिए मासूम बच्चों-बच्चियों, अपाहिज, कमजोर, वृद्ध, असहाय, विकृत-चित्त व्यक्तियों को अपना शिकार बनाए। उन अपराधियों के लिए समाज में कोई जगह नहीं है और मेरा अनुरोध है उन मानव-संसाधन और नागरिक अधिकार व अपराधियों को सुधारने को प्रयासरत संस्थाओं से कि इन अपराधियों के साथ कोई रियायत नहीं बरती जाए।

◦ यह भी एक विडम्बना ही है कि आज अपराध जिस तरह और जिस गति से बढ़ रहे हैं उसी तरह और गति से अनेक संस्थाएँ भी आये दिन बढ़ती जा रही हैं जो उन अपराधियों, बलात्कारियों, हत्यारों में भी एक अवयस्क, विकृत-चित्त मनुष्य को ढूँढने/खोजने/तलाशने लगती हैं और कानून के सामने उन बलात्कारियों/अपराधियों का पक्ष लेकर खड़ी हो जाती हैं। जिससे जहाँ अकारण ही न्याय में विलम्ब होता है। देश के संसाधन अकारण गलत लोगों पर व्यय होते हैं। वहीं दूसरी ओर समाज में गलत मैसेज जाता है और सबसे दु:खद, एक अपराधी मानसिकता का व्यक्ति इन सब व्यवस्था का नाजायज लाभ उठाने की फिराक में होता है और इस व्यवस्था की आड़ में बच निकलता है।

◦ एक देश तभी महान हो सकता है जब उसका अन्तिम नागरिक भी, प्रत्येक बच्ची, बच्चा, हर इन्सान खुद को महफूज महसूस करे और उसे अपने देश के कानून, प्रशासन, पुलिस और व्यवस्था पर पूर्ण विश्वास हो कि उसकी परेशानी में सब उसके साथ हैं और उसे हर हाल में त्वरित न्याय मिलेगा। क्योंकि कहा

भी गया है कि, "जहाँ त्वरित न्याय दुःख/दर्द और जख्म पर मरहम का काम करता है, वहीं देरी और विलम्ब से मिला न्याय, न्याय न होकर, जख्म पर नमक छिड़कने का काम करता है।" वहीं दूसरी और हर अपराधी मानसिकता का व्यक्ति इस डर/भय में रहें कि अगर उसने सामाजिक व्यवहार में कोई भी खलल पैदा किया और अगर छोटा सा भी गलत काम/अपराध किया तो उस पर हर वक्त कानून, प्रशासन, पुलिस व समाज की नजर है और उसे किसी भी सूरत में बक्शा नहीं जाएगा और कोई भी संस्था उन्हें बचाने, उनके कुकर्मों का पक्ष लेने नहीं आएगी।

यह नामुमकिन/मुश्किल भी नहीं है। बस हमें, प्रत्येक इन्सान को अपनी जिम्मेदारी बखूबी निभानी होगी और हर समय, हर वक्त अपने कान, नाक, आँखें और जुबान भी खुली रखनी हैं और अपने लिए और अन्य के लिए भी हर जरूरत पर आवाज बुलन्द करनी है।

*"यह माना जाता है कि हमारा अस्तित्व जानवर के रूप में शुरू हुआ था और आज हम जिस स्थिति में हैं वहाँ तक पहुँचने में सदियों की मेहनत, प्रयास लगे हैं। लेकिन जिस तरह से अपराधी मासूम बच्चियों और बच्चों के साथ अमानवीय व्यवहार कर रहे हैं। उनकी यह पाशविकता यही दर्शाती है कि अभी कुछ लोगों को जानवर से इन्सान बनने में और वक्त लगेगा।"*

## “भय/डर/खौफ”

“बहुत सही कहा गया है कि, “भय बिन प्रीत न होत गोसाईं” और “लातों के भूत बातों से नहीं मानते”, यह दोनों ही कहावतें एकदम सही हैं जो प्राचीन काल से चली आ रही हैं। इसलिए प्यार, हमदर्दी और रियायत दिखाना हो तो किसी पीड़ित, मासूम पर न कि किसी निर्दयी अपराधी, बलात्कारी, हत्यारे पर। बाकी चुनाव आपका है, क्योंकि हम विचार से, कर्म से, स्वतन्त्र हैं।”

## आज वक्त की नजाकत को देखते हुए, आत्मरक्षा जैसे विषय को School-College स्तर पर अनिवार्य रूप से सम्मिलित किया जाए

School-Colleges वह संस्थाएँ हैं जहाँ हम जीवन की हर चीज के बारे में जानते/समझते और सीखते हैं और अपने जीवन में सफल होने के लिए जरूरी व आवश्यक अलग-अलग विद्याएँ, ज्ञान, तकनीक सीखते हैं। इसी तरह आत्मरक्षा वह विषय है जिसके बारे में जानकर प्रत्येक इन्सान अपने जीवनपर्यन्त चाहे वो कहीं पर भी रहे, अपनी स्वयं की और अन्य की भी आत्मप्रतिरक्षा के अधिकार, हक़ और इसकी सीमाओं के प्रति आश्वस्त होता है, जानता है। जो उसे ईश्वर ने, प्रकृति ने और भारत देश के कानून ने प्रत्येक मनुष्य/नागरिक के लिए सुनिश्चित/निर्धारित किया है।

इसी पाक उद्देश्य और विचार के साथ अपनी तरफ से एक छोटा सा प्रयास और शुरुआत की है जो आपके सहयोग और समर्थन से एक क्रांतिकारी मुहिम बन सकती है। इसलिए मैं प्रत्येक अभिभावक, अध्यापक, School-College के संचालक से यह विनम्र अपील, विनती, गुजारिश करता हूँ कि इस जरूरी विषय को हमारी शिक्षा और परवरिश में शामिल करें और इसके साथ ही साथ अपने बच्चों को शारीरिक रूप से भी मजबूत बनायें और School-Colleges में आत्मरक्षा के प्रशिक्षण से भी बच्चों की सहायता करें।

जहाँ आत्मरक्षा के व्यावहारिक ज्ञान, कानून की समझ और हमारे अधिकार व सीमाएँ जानकर हम मानसिक रूप से मजबूत बनेंगे वहीं शारीरिक मजबूती व प्रशिक्षण से हम वक्त व जरूरत आने पर आत्मबल व शारीरिक बल दोनों रूप से मजबूत होंगे और विषम परिस्थिति में अपनी व अन्य की भी रक्षा करने के प्रति दृढ़-प्रतिज्ञ और संकल्पित होंगे।

शिक्षा का केवल यही मतलब नहीं है कि हम हमारे बच्चों को तय मापदंड और विषयों का ज्ञान करवा कर अपनी इतिश्री कर लें। हमें आज जरूरी विषयों को भांपकर बच्चों को भविष्य के लिए तैयार करना होगा।

*"हमारी शिक्षा पद्धति बहुत पुरानी है और वर्तमान परिदृश्य के अनुसार, हर विभाग की तरह आज इसे भी संशोधन और सुधार की आवश्यकता है। विद्यालय ही वो संस्था है जहाँ एक बच्ची/बच्चा जीवन रूपी संग्राम के लिए तैयार होता है, इसलिए आज फिर से इसे नए रूप में गढ़ने की जरूरत है।"*

# एक विनम्र अपील, आपराधिक मनःस्थिति वाले व्यक्तियों से

इन्सान चाहे अच्छा हो या बुरा, उसके काम/कर्म चाहे अच्छे हों या बुरे। वह रहता समाज में ही है और विडम्बना यह है कि हर वह व्यक्ति जिसने चाहे कैसा भी अपराध किया है या करना चाहता है या करने वाला है वह खुद एक परिवार का ही हिस्सा होता है और इससे भी बड़ी विडम्बना और आश्चर्य कि प्रत्येक अपराधी के पास अपराध करने का अपना मुकम्मल कारण व मजबूरी है और ज्यादातर कारण/वजह में वह अपने परिवार की परवरिश, चिन्ता और मजबूरी की दुहाई देता है। जबकि कुछ महानुभाव अपराधी तो गर्व से इसे अपना कर्म ही बताते/मानते हैं।

इसलिए इस रचना के माध्यम से मैं हर उस इन्सान चाहे वह वयस्क हो या अवयस्क, युवा हो या बुजुर्ग, औरत हो या मर्द, जो अपराध या किसी भी प्रकार के बुरे कर्म/काम को करना चाहता है या इसकी तैयारी कर रहा है या कर चुका है या वह एक आदतन अपराधी ही क्यों न हो। मैं उनसे हाथ जोड़कर इस रचना के माध्यम से एक विनम्र अपील करना चाहता हूँ कि आप किसी भी दूसरे या अन्य व्यक्ति का हक़ मारकर, किसी को कष्ट देकर, किसी की संपत्ति हथिया कर, किसी के साथ अत्याचार करके, बलात्कार करके, हत्या करके, किसी के बच्ची-बच्चे का अपहरण करके, किसी की बेटी की दहेज हत्या करके, लूट या चोरी करके या किसी भी प्रकार का अन्य अनैतिक कार्य/काम

करके खुद से नजरें कैसे मिला पाते हो। कैसे खाना खा पाते हो, पानी पी पाते हो और आपको नींद भी कैसे आ पाती है।

मैं आपके अन्दर छिपे उस अच्छे इन्सान, जो सबमें मौजूद रहता है। आप में भी है, बस आपके अन्दर के बुरे और दुष्ट इन्सान ने उसे कहीं कैद कर दिया है, छुपा दिया है। आपकी नजरों से दूर कर दिया है, से यह सवाल करता हूँ, कि जब यह सब बुरे काम/अपराध जिनका अभी जिक्र किया गया है। अगर इनमें से कोई भी आपके परिवार, माता-पिता, बहन-बेटी के साथ करे तो मैं शर्त लगा सकता हूँ कि आपका भी खून खोल जाएगा। आप बिल्कुल भी नहीं कहेंगे कि कोई नहीं मैंने भी किसी के साथ अन्याय, अत्याचार, दुराचार किया है। तो यह भी मेरे या मेरे परिवार के साथ ऐसा करने का हक़ और अधिकार रखते हैं।

जब यही सच्चाई है कि हर अच्छा या बुरा इन्सान पहले खुद से और फिर अपने परिवार से बेहद प्यार करता है तो वह किसी ओर को कष्ट, तकलीफ, दुःख कैसे दे सकता है। मेरी गुजारिश है आपसे कि जब हम सबको यह एक जीवन मिला है। ईश्वर/भगवान् ने हमारा चुनाव किया है इस जीवन के लिए। हमें हमारे माता-पिता ने प्यार, दुलार, नाजों से पाला है। समाज ने हम सबको समानता से आगे बढ़ने का हर अवसर दिया है और हमारे माता-पिता, भाई-बहन, पति-पत्नी, बच्चे सब यही चाहते हैं कि वे हमारा नाम दुनिया के सामने शान से ले सकें। फिर इस जीवन का हमें अगले पल का भी नहीं पता कि कब समाप्त हो जाये। फिर चाहे कितनी भी दौलत हो हमारे पास, मरने के बाद हम सबको 'सुपुर्द-ए-खाक' ही होना है। जब यही इस जीवन की सबसे बड़ी सच्चाई है तो क्यों... क्यों हम खुद को बुरे काम, बुरी संगत, अपराध, पाप, अनैतिक साधनों में लगाते हैं?

जबकि यही ऊर्जा बल्कि इससे कम ही ऊर्जा हमें अच्छे कामों/कर्मों में लगानी होती।

जो जीवन-मृत्यु मेरे बस में नहीं तो मेरा क्या हक़, हैसियत, अधिकार कि मैं किसी भी इन्सान, प्राणी के साथ जान-बूझकर कुछ भी गलत करूँ, जो मैं स्वयं के साथ कभी भी नहीं होने देना चाहता।

इसलिए एक बार फिर हाथ जोड़कर मेरी विनती है आपसे कि कभी भी, किसी के साथ भी, कुछ भी गलत करने से पहले Please एक बार खुद से यह पूछें कि क्या यह जो मैं कर रहा हूँ, मैं मेरे साथ भी होने दे सकता हूँ और यह सब करके मुझे ऐसा क्या मिल जाएगा? जो मुझे मेरी नजरों में उठा देगा या और ज्यादा सम्मान दिला देगा। जबकि इसका दूसरा पहलू यह है कि अभी आप जो भी हैं, आजाद हैं, स्वतन्त्र हैं। पर इसके बाद आपको छिपना होगा, भागना होगा, लोग दुत्कारेंगे आपको। आपसे अपनी पहचान छिपाएँगे, आपसे मिलना नहीं चाहेंगे और यहाँ तक कि आपके घर वाले भी कहेंगे कि हम इन्हें नहीं जानते।

*क्या आप ये कीमत देना चाहेंगे?*

ईश्वर ने प्रकृति की रचना की है। उसने प्रत्येक प्राणी के लिए समान अवसर, काम, भोजन की व्यवस्था की है। तो हमें कोई हक़ नहीं कि ईश्वर की बनायी प्रकृति की व्यवस्था में कोई भी विघ्न डालें। ईश्वर के बनाये किसी भी प्राणी का हक़ मारें। उसे तकलीफ दें। क्योंकि भगवान्/ईश्वर/विधाता को बहुत दुःख होता है। अगर उसकी बनायी इस सृष्टि/रचना/दुनिया के किसी भी पात्र को दुःख हो, तकलीफ हो और इसी तरह ईश्वर को तब भी बहुत दुःख होता है। जब उसका बनाया कोई भी इन्सान कोई

गलत काम करे, नाजायज काम करे और किसी के भी कष्ट, दुःख, तकलीफ का कारण और भागीदार बने।

## *"धर्म/दान-पुण्य/तीर्थ/मोक्ष/स्वर्ग":-*

*"इन सब शब्दों का हमारी संस्कृति में बड़ा महत्व है, लेकिन इन्सान विरोधाभास का पुतला है, बहुत से लोग जिंदा रहते अपने माता-पिता के प्रति फर्ज से मुँह मोड़ते हैं पर उनकी मृत्यु पश्चात् दान-पुण्य करते हैं, कुछ लोग गलत कामों और झूठ में लिप्त रहते हैं और फिर कुछ धर्म-कर्म करके खुद को आश्वस्त करते हैं, कुछ लोग ताउम्र बुरे काम करके, फिर तीर्थ करके, गीता-रामायण पढ़के भगवान को रिझाते हैं... माता-पिता की सेवा, बच्चों को सही परवरिश देना, किसी के भी दुःख का कारण न बनना, जरूरतमंद की सहायता करना, अपनी जिम्मेदारियों को बखूबी निभाना, आदि काम अगर हर इन्सान कर रहा है तो उसके लिए हर दिन धर्म-कर्म, स्वर्ग, दान-पुण्य और तीर्थ के समान है और यही मोक्ष है।"*

# आपराधिक दृष्टिकोण से

जरा एक नज़र हमारे समाज में हो रहे दुष्कृत्यों पर डालें। हमारे मासूम हमारे घर के सामने सुरक्षित नहीं हैं, School-college, ट्यूशन क्लास, कोचिंग्स में सुरक्षित नहीं हैं। कभी हमारे मासूम महज़ किसी छोटे से लालच जो चोकलेट-टॉफी से लेकर कुछ भी हो सकता है, के नाम पर, सफर में खाना शेयर करने के नाम पर, सफर में किसी जानकार या अजनबी से लिफ्ट लेने के नाम पर, बच्चियाँ प्यार-मोहब्बत के नाम पर तो कभी किसी डर, जो जान से मारने की धमकी, या किसी अपने को नुकसान पहुँचाने या उन्हें जान से मारने की धमकी के नाम पर तो Working places में कभी तरक्की तो कभी ब्लैकमेलिंग के नाम पर अपराधियों, अत्याचारियों, दुराचारियों का शिकार हो रही हैं।

जबकि हम प्रशासन, पुलिस, देश के कानून को दोष देने में अपनी ऊर्जा और समय व्यय कर रहे हैं या ईश्वर से दुआ करके कि हमारे लाडली/लाडले को सुरक्षित रखें और यह सब करके अपनी इतिश्री कर लेते हैं। पर आज हमें इससे आगे बढ़ने की जरूरत है और हमें बढ़ना ही होगा।

हर छोटी से छोटी चीज के बारे में हमें अपने बच्चों को समझाना, रूबरू कराना होगा, उन्हें विश्वास देना होगा, बच्चों को जरूरी समय देना होगा। बच्चों के सभी प्रश्नों के माकूल जवाब देते हुए उनकी जिज्ञासा को शान्त करना होगा और उन्हें सही दिशा में अग्रसर करना होगा और इसके साथ ही साथ बच्चों को समय रहते अपने हक़, अधिकार, कर्तव्य, कानून व अपनी

हदों, अपनी सीमाओं का ज्ञान कराना होगा। उन्हें मानसिक रूप से और हर हाल में शारीरिक रूप से भी मजबूत बनाना होगा।

हमें अपनी सुरक्षा के पुख्ता इंतजाम करने होंगे और पहला कदम स्वयं उठाना होगा। अपनी पूर्ण जिम्मेदारी समझनी होगी और फिर इसे हर हाल में निभाना होगा। समाज को साथ लेते हुए, इसमें अपनी भागीदारी सुनिश्चित करते हुए हर तरह से एक जागरुक इन्सान बनना होगा। जो हर वक्त अपने आस-पास हो रहे क्रिया-कलाप और बदलते माहौल की सुगबुगाहट को समय रहते भाँप सके, सूँघ सके। क्योंकि जब आप महसूस करेंगे कि हमें सुरक्षित रहना है, अपना ध्यान रखना है, कहीं भी, कभी भी परिस्थिति हमारे उलट, विपरीत हो सकती है। हमारे साथ कुछ भी गलत या बुरा हो सकता है, हम विषम परिस्थिति का शिकार हो सकते हैं, तभी तो हम सुरक्षित रहने के प्रति जागरुक होंगे। क्योंकि जब हम यह मान लेते हैं कि हम पूर्ण रूप से सुरक्षित हैं, हमारे साथ कुछ भी गलत नहीं हो सकता। तभी हम निश्चिन्त हो जाते हैं, बेफिक्र हो जाते हैं और बेफिक्र इन्सान ही सबसे ज्यादा परिस्थिति का शिकार होता है और नियति का आसान शिकार बन जाता है।

इसलिए हर कदम हमें फूँक-फूँक कर रखना है, समझ कर, संभल कर चलना है। तभी आप लम्बा चल पाएँगे, अपने जीवन की पारी को सफलता से आगे बढ़ाते हुए, अपनी ऊर्जा का सही इस्तेमाल और दिशा देते हुए अपने सपनों को फलीभूत कर पाएँगे। पर इसका यह मतलब नहीं है कि आप हमेशा एक डर के साये में रहें, सबसे असुरक्षित महसूस करें, हर पल नकारात्मकता में जियें। जागरुक होने का यह मतलब नहीं है, हम नींद में भी जागरुक रहते हैं, ज़रा सी आहट पर भी चौकन्ने हो जाते हैं।

वही सोच हमें हमारे जीवन के प्रत्येक हिस्से पर लागू करनी है और आप जहाँ भी रहें, कहीं भी जाएँ, किसी से भी मिलें, कुछ भी करें, कोई भी परेशानी हो, शंका हो, हमेशा अपने माता-पिता, भाई-बहन, पति-पत्नी को बताते रहें जिससे किसी अनहोनी में कोई हो आपको बचाने, सम्भालने के लिये।

क्योंकि आँकड़े यही बयान करते हैं कि पहले तो हम किसी को कुछ बताते नहीं, '*ऐकला चालो*' की राह अपनाते हैं लेकिन अन्त में, चोट खाकर, तार-तार होकर हमें आना अपनों के ही आँचल में होता है। पर तब तक बहुत देर हो चुकी होती है। इसलिए देर होने से पहले अपनों के सानिध्य में रहें, विश्वास में रहें।

*क्योंकि यही अपने आपकी दुनिया हैं।*

"*परिवर्तन और बदलाव हमेशा भीतर से शुरू होता है और बाहरी परिस्थितियाँ उसके अनुरूप बदल जाती हैं।*"

# एक कदम पीछे लें, समाज की ओर लौटें, संयुक्त परिवार की ओर लौटें

यह सब जानते, समझते और मानते हैं कि जब संयुक्त परिवार थे तब हमारे बच्चे ज्यादा सुरक्षित, महफूज और ज्यादा संस्कारित थे। उनके बचपन में हर वक्त दादा-दादी, चाचा-चाची, नाना-नानी और भरा-पूरा परिवार उन्हें सम्भालने को, थामने को उनके समीप, नजदीक होते थे और खेल-खेल में दादा-दादी, नाना-नानी, हमारे बुजुर्ग जो शिक्षा, परवरिश हमें दे देते थे। वह कोई भी संस्था, School-College, कोचिंग हमें नहीं सिखा सकती।

आज ज्यादातर एकल परिवार हैं। ज्यादातर माता-पिता दोनों कामकाजी/Working होते हैं तो ज्यादातर बच्चे दाई-बाई या डे-बोर्डिंग या कुछ और नए विकल्प के सहारे पलते-बढ़ते हैं। हो सकता है कि आज हम हमारे बच्चों को भौतिक संसाधन तो पहले से ज्यादा दे पा रहे हैं। महंगे मोबाइल फोन, लैप-टॉप, विडियो गेम्स, नए-नए खेल-खिलौने। पर इस बात से कोई इंकार नहीं कर सकता कि, 'जो परवरिश दादा-दादी, बुजुर्ग हमें दे सकते हैं और जिसके हमारे मासूम बच्चे हकदार भी हैं, वो परवरिश कहीं खो गयी है, गुम हो गयी है।'

ज्यादातर वक्त बच्चे अकेले रहने से, वह आत्मकेन्द्रित, कुंठित, Short temper, बहुत जल्द गुस्सा हो जाना, मायूस हो जाना, जिद्दीपन आदि चीजों का शिकार हो रहे हैं। बच्चों को बड़ों के सम्मान, असहाय की देखभाल, दूसरों के दुःख में शरीक होना आदि मानवीय गुणों से हम वंचित कर जाते हैं और यही

सब बातें बच्चों को समाज से दूर कर देती हैं। जिससे जहाँ एक मजबूत समाज की नींव तो कमजोर होती ही जा रही है बल्कि इसका खामियाजा अन्त में खुद हमें और हमारे बच्चों को ही भुगतना होता है।

मेरा व्यक्तिगत नज़रिया यही है कि इस भागदौड़ की जिन्दगी में हम थोड़ा रुकें, अपने लक्ष्य एक बार फिर से तय करें। अपने सपनों को जियें, पर इन सबमें अपने बुजुर्ग माता-पिता को पीछे न छोड़ें। क्योंकि 'वो हमारी आधी दुनिया हैं... पर उनके लिए हम उनकी पूरी दुनिया हैं।'

इसलिए थोड़ा पीछे चलें, अपने घर लौटें, अपने माता-पिता को साथ लें। जिससे जहाँ हमारे बच्चों का बचपन संवरेगा, जीवन सुधरेगा, वहीं हमारे बुजुर्ग, जो इस दुनिया का सबसे बड़ा अकूत धन, हमारे कोहिनूर हैं। वे भी विस्थापित नहीं होंगे, उन्हें भी उनका खोया सम्मान और हक़, फिर से मिलेगा।

*"बस एक बार खुद को किसी बुजुर्ग, कमजोर, असहाय और बीमार इन्सान जो हर घर-परिवार में होते हैं कि जगह रखकर सोचिये कि यह जवानी, शरीर की ताकत, रूप और सौन्दर्य हमेशा नहीं रहना और बुढ़ापा व मृत्यु से आज तक कोई नहीं बच सका है"*

*"क्या आप आज अपने लिए यह कल्पना कर सकते हैं, कि जिस चार दीवारी को आप अपने जीवनभर की कमाई लगाकर घर बनाते हैं और जिन बच्चों के उज्ज्वल भविष्य के लिए आप अपना वर्तमान, अपनी जवानी, न्यौछावर कर देते हैं। आपके बूढ़े होने पर वही बच्चे आपको अपने ही घर से किसी वृद्धाश्रम में छोड़ आएँगे, आप छोटी-छोटी चीजों के लिए मोहताज होंगे और किसी कोने में पड़े अपनी मौत का इंतजार कर रहे होंगे... एक बार सोचें जरूर... शायद आपका मन परिवर्तित हो जाये।"*

*"जीवन की कुछ बड़ी ही अजीब बातें हैं जो सबके साथ तो नहीं पर अमूमन होती हैं। जिन मम्मी-पापा के बिना हम बचपन में जहाँ एक पल भी नहीं रह पाते थे। हमारी जवानी में हम उनसे अपने लिए* ***Space****, निजता की मांग करते हैं और धीरे-धीरे यह* ***Space*** *इतनी दूरियों में बदल जाता है कि हम जहाँ हर पल मम्मी-मम्मी, पापा-पापा करते रहते थे वहीं अब जुबान मैं, मेरी पत्नी, मेरे बच्चे का राग अलापती रहती है... जब हम अपने बीवी-बच्चों से इतना प्यार करने का दावा करते हैं तो हम अपने उन मम्मी-पापा को कैसे भुला सकते हैं। जिन्होंने अपनी पूरी जिन्दगी सिर्फ और सिर्फ हम पर लुटा दी। अपनी जवानी और गाढ़ी कमाई हमारी परवरिश और हमारा भविष्य बनाने में खर्च कर दी... इन दोनों में से एक बात शर्तिया तौर पर गलत और सरासर झूठ है।"*

"यह न्याय का तराजू है जो आपसे, देश के हर नागरिक से यही उम्मीद करता है और अपनी तरफ से यह शिक्षा देता है कि जिस तरह से हम सब अपने अधिकारों और हक़ के लिए लड़ते हैं। अपने लिए इनकी मांग करते हैं, इनके लिए जागरुक हैं, तत्पर हैं। उसी तरह हमें अपने कर्तव्यों, राष्ट्र-धर्म, कर्म और जिम्मेदारियों के प्रति भी जागरुक रहना होगा... क्योंकि जिस दिन देश का प्रत्येक नागरिक अपने कर्तव्यों के प्रति जवाबदेह हो जाएगा उस दिन वो किसी का भी हक़ मारने, अपराध करने, अपनी जिम्मेदारी से मुँह मोड़ने के बारे में सोचेगा भी नहीं और उस दिन हमारे देश भारत को महान् बनने से कोई नहीं रोक सकता।

इसके लिए हम सबको अपने आप से वादा करना होगा। एक कसम लेनी होगी और खुद को इस संकल्प से बांधना होगा कि इसके लिए मैं दृढ़ प्रतिज्ञ हूँ। क्योंकि अपने हक़, अधिकार और सुविधा की बात और मांग तो सब करते हैं। पर अपने कर्तव्यों और जिम्मेदारियों की बात कोई नहीं करना चाहता। इस सोच को हमें बदलना ही होगा।"

# प्राइवेट प्रतिरक्षा के अधिकार के विषय में

## (Of the right of Private Defence)

## (भारतीय दण्ड संहिता की धाराएं 96 से 106 तक का विस्तृत वर्णन)

भारतीय दण्ड संहिता के अध्याय 4 में, 'प्राइवेट प्रतिरक्षा के अधिकार के विषय में', शीर्षक के अंतर्गत धारा 96 से 106 के तहत प्राइवेट प्रतिरक्षा से सम्बंधित समस्त कानून को बताया गया है। जो हमें यह ज्ञान करवाती हैं, कि हमारे महान देश के कानून ने प्रत्येक नागरिक के लिए आत्मरक्षा/प्राइवेट प्रतिरक्षा के बारे में क्या व्यवस्था कर रखी है। इस अध्याय में दण्ड संहिता में लिखे गए कानून में, बिना एक शब्द भी खुद से जोड़े और ना ही घटाए, हूबहू दण्ड संहिता की फोटो प्रति उतार दी गई है। जिसे पढ़ और जानकर आप अपने प्राइवेट प्रतिरक्षा के अधिकार/ हक और इसकी सीमाओं को पूर्ण रूप से जानेंगे।

धाराएं/Sections

96. प्राइवेट प्रतिरक्षा में की गई बातें

    Things done in private defence.

97. शरीर तथा सम्पत्ति की प्राइवेट प्रतिरक्षा का अधिकार

    Right of private defence of the body and property.

98. ऐसे व्यक्ति के कार्य के विरुद्ध प्राइवेट प्रतिरक्षा का अधिकार, जो विकृत्तचित्त आदि हो

Right of private defence against the act of a person of unsound mind, etc.

99. कार्य, जिनके विरुद्ध प्राइवेट प्रतिरक्षा का कोई अधिकार नहीं है

Acts against which there is no right of private defence.

100. शरीर की प्राइवेट प्रतिरक्षा के अधिकार का विस्तार मृत्यु कारित करने पर कब होता है

When the right of private defence of the body extends to causing death.

101. कब ऐसे अधिकार का विस्तार मृत्यु से भिन्न कोई अपहानि कारित करने तक का होता है

When such right extends to causing any harm other than death.

102. शरीर की प्राइवेट प्रतिरक्षा के अधिकार का प्रारम्भ और बने रहना

Commencement and continuance of the right of private defence of the body.

103. कब सम्पत्ति की प्राइवेट प्रतिरक्षा के अधिकार का विस्तार मृत्यु कारित करने तक का होता है

When the right of private defence of property extends to causing death.

104. ऐसे अधिकार का विस्तार मृत्यु से भिन्न कोई अपहानि कारित करने तक का कब होता है

When such right extends to causing any harm other than death.

105. सम्पत्ति की प्राइवेट प्रतिरक्षा के अधिकार का प्रारम्भ और बना रहना

Commencement and continuance of the right of private defence of property.

106. घातक हमले के विरुद्ध प्राइवेट प्रतिरक्षा का अधिकार जबकि निर्दोष व्यक्ति को अपहानि होने का जोखिम है

Right of private defence against deadly assault when there is risk of harm to innocent person.

## धारा 96: प्राइवेट प्रतिरक्षा में की गई बातें

कोई बात अपराध नहीं है, जो प्राइवेट प्रतिरक्षा के अधिकार के प्रयोग में की जाती है।

Section 96: *Things done in private defence.*

Nothing is an offence which is done in the exercise of the right of private defence.

*टिप्पणी*

इस सन्दर्भ में भारतीय दंड संहिता के निर्माताओं ने कहा है कि अविधिक आक्रमण को पीछे धकेलने के उद्देश्य से सद्भावपूर्वक किये गए बहुत सारे कार्यों को दंड खंडों के प्रवर्तन से परे रखना चाहते हैं। अध्याय के इस भाग में हमने जितना

सम्भव हो उतनी निश्चितता से प्राइवेट प्रतिरक्षा की सीमाओं की परिभाषा देने का प्रयत्न किया है। यह सोचा जा सकता है कि हमने इस अधिकार के प्रयोग में बहुत अधिक स्वछंदता दी है और हम स्वयं ऐसा मानते हैं कि यदि हम निर्भीक और जोशपूर्ण लोगों के लिए विधि बनाते जिन्हें विधि को अपने हाथ में लेने की आदत है और जो क्षति को पीछे ढकेलने में संतुलन की रेखा को पार करना जानते हैं, तो अतिरिक्त प्रतिबंध लगाना अधिक उपयुक्त होता।

'इस देश में खतरा दूसरी और है, लोग स्वयं की सहायता करने में अधिक उत्साह नहीं रखते, जिस संयम के साथ वे सामूहिक लुटेरों द्वारा क्रूर लूटपाट और सामूहिक गुंडों द्वारा किये जाने वाले निर्दयतापूर्ण अतिचार और रिष्टि के समक्ष झुक जाते हैं, वह अत्यधिक असाधारण है और साथ ही अत्यधिक निराशाजनक लक्षण भी, जो भारतीय समाज में देखने को मिलता है।'

इन परिस्थितियों के अंतर्गत हम आत्मप्रतिरक्षा में प्रतिबंधों की संख्या में वृद्धि करने की बजाय लोगों में मनुष्योचित व्यक्तित्व का निर्माण करने की इच्छा रखते हैं।

हमारी राय यह है कि इस अधिकार के प्रयोग से जितना भी अनिष्ट होगा वह उस अनिष्ट से कहीं कम खतरनाक होगा जो डकैतों के समूह को रोकने के लिए संयम रेखा को एक व्यक्ति द्वारा पार करने से होगा।

धारा 96 केवल इस तथ्य को मान्यता प्रदान करती है कि जब भी कोई बात किसी की प्राइवेट प्रतिरक्षा के अधिकार के प्रयोग में की जाये, तो वह अपराध नहीं है।

'कोई भी राष्ट्र चाहे उसके साधन कितने भी अधिक क्यों न हों, हर व्यक्ति को सुरक्षा प्रदान नहीं कर सकता। फलतः उसके पास प्राइवेट प्रतिरक्षा से सम्बंधित ऐसी विधि का होना आवश्यक है जिसमें उसकी परिधि और सीमाओं को स्पष्टतः इंगित किया गया हो।'

भारतीय दण्ड संहिता की धाराओं 96 से लेकर 106 तक के बीच ऐसा ही किया गया है। 'कोई भी राष्ट्र अपने नागरिकों को कायर बनाना नहीं चाहता।' फलतः आक्रमण के समय हर व्यक्ति को आक्रमण को रोकने का अधिकार है। यह प्रतिरोध केवल तभी संभव है जब विधि द्वारा उसे बल प्रयोग कर सकने का अधिकार प्रदान किया गया हो और इस धारा द्वारा संहिता की अन्य धाराओं के साथ मिलकर ऐसा ही किया गया है। प्राइवेट प्रतिरक्षा के अधिकार को मान्यता प्रदान करने से यह धारा व्यक्ति को सम्पूर्णतः दोषमुक्त करती है, जब यह साबित हो जाये कि उसके द्वारा कार्य इस अधिकार के अंतर्गत किया गया है।

इस निष्कर्ष पर पहुँचने के लिए कि क्या अभियुक्त ने प्राइवेट प्रतिरक्षा के अंतर्गत कार्य किया है, न्यायालय को परिस्थितियों को सम्पूर्ण परिवेश में देखना होगा। अतः अभियुक्त को हुई क्षति, उसकी सुरक्षा के लिए आसन्न खतरा, उसके द्वारा कारित की गई क्षति, और वे परिस्थितियाँ कि क्या उसे प्राधिकारियों की सहायता प्राप्त करने का समय प्राप्त था, यह सभी सुसंगत परिस्थितियाँ हैं।

यह अधिकार प्रतिशोध या प्रतिकार का नहीं है, बल्कि धमकी और आसन्न खतरे को रोकने का है। अतः प्राकृतिक रूप से, यदि आसन्नता समाप्त हो गई हो तो अधिकार भी स्वतः ही समाप्त हो जाएगा। सामान्यतः इस अधिकार का तर्क देते समय अभियुक्त को यह साबित करना चाहिए कि उसने इस अधिकार

के अंतर्गत कार्य किया। पर जहाँ वह किसी अन्य प्रतिरक्षा का तर्क दे, या किसी भी प्रतिरक्षा का तर्क न दे, तो भी यदि न्यायालय इस निष्कर्ष पर पहुँचता है कि उसने प्राइवेट प्रतिरक्षा के अंतर्गत कार्य किया, तो उसे इस प्रतिरक्षा को प्राप्त करने का अधिकार है। इसके कदाचित् दो कारण हो सकते हैं।

पहला, न्यायालय का कार्य न्याय करना है और इसलिए यदि मामले की परिस्थितियों के आधार पर न्यायालय इस निष्कर्ष पर पहुँचता है, कि अभियुक्त ने प्राइवेट प्रतिरक्षा के अधिकार के अंतर्गत कार्य किया, तो वह उसे वह लाभ देने के लिए बाध्य है।

दूसरा, अभियुक्त की ओर से उसका अधिवक्ता तर्क देता है और यदि परिस्थितियों के आधार पर न्यायालय की सोच यह हो कि अभियुक्त ने प्राइवेट प्रतिरक्षा के अंतर्गत कार्य किया, तो उसके अधिवक्ता के निर्णय की भूल कि कौन सी प्रतिरक्षा का तर्क दिया जाना उसके मुवक्किल के हित में होगा, मुवक्किल के भाग्य का दरवाजा बंद नहीं कर सकती। यह सिद्धान्त अन्यत्र उपस्थित होने का अभिवाक में भी लागू किया जा चुका है। जिसमें तथ्यों और परिस्थितियों के आधार पर न्यायालय इस निष्कर्ष पर पहुँचता है, कि उसने प्राइवेट प्रतिरक्षा के अंतर्गत कार्य किया, तो न्यायालय उसे वह लाभ देगा।

Note: प्राइवेट प्रतिरक्षा का अधिकार, जैसा कि नाम से ही स्पष्ट है, प्रतिरक्षा का कार्य है, दुर्व्यवहार का नहीं। फलतः इस अधिकार को किसी आक्रमण को उचित ठहराने के लिए ढाल की तरह उपयोग करने की स्वीकृति नहीं दी जा सकती। अभियुक्त के द्वारा बिना किसी युक्तियुक्त आधार के यह उपधारणा कर लेना कि उस पर कोई आक्रमण होना सम्भाव्य है, अभियुक्त को इस अधिकार के प्रयोग की अनुमति नहीं देता।

*COMMENT*

In this context the authors of the Code observed:

"We propose... to except from the operation of the penal clauses of the Code large classes of acts done in good faith for the purpose of repelling unlawful aggression. In this part of the chapter we have attempted to define, with as much exactness as the subject appears to us to admit, the limits of the right of private defence. It may be thought that we have allowed too great a latitude to the exercise of this right ; and we are ourselves of opinion that if we had been framing laws for a bold and high& spirited people, accustomed to take the law into their own hand, and to go beyond the line of moderation in repelling injury, it would have been fit to provide additional restrictions.

*'In the country the danger is on the other side; the people are too little disposed to help themselves; the patience with which they submit to the cruel depredations of gang & robbers, and to trespass and mischief committed in the most outrageous manner by bands of ruffians, is one of the most remarkable, and at the same time one of the most discouraging symptoms which the state of society in India presents to us.'*

Under these circumstances we are desirous rather to rouse and encourage a manly spirit among the people than to multiply restrictions on the exercise of the right of self & defence.

*'We are of opinion that evil which is likely to arise from the abuse of that right is far less serious than the evil which would arise from the execution of one person for overstepping what might appear to the Court to be the exact line of moderation in resisting a body of dacoits.'*

*Section 96* merely gives a recognition to the fact that whenever something is done in the exercise of one's right of private defence, it would not amount to an offence.

*No state, however large its resources may be, can provide security to each individual. Consequently, it has to have a law with respect to private defence wherein the scope and limits of the law are clearly indicated.*

The same has been done under sections *96 to 106* of *the Indian Penal Code also. "No state wants its citizens to be cowered*". Consequently, every person has a right to resist when attacked. This resistance is possible only when right to use force is given to him by law, and that is what has been done by this section in conjunction with the above mentioned provisions of the Code. With the recognition of the right of private defence this section completely absolves a person from all guilt once the act is proved to be done in such defence.

To come to a just conclusion as to whether an accused has acted in right of private defence the Court must view the situation as a whole. Thus, the injuries received by the accused, the imminence of threat to his safety, the injuries caused by him and the circumstances as to whether he had time to have recourse to public authorities are all relevant circumstances.

The right is not of reprisal or revenge but to ward off the threat and imminent danger of an attack. Naturally, therefore, such an imminence being no longer in existence would make the right unavailable. Normally it is the accused, who while pleading such a defence, has to prove that he acted under this right. But where he pleads another defence or does not plead any defence at all but the Court is satisfied that he acted under right of private defence, he is entitled to be given the benefits of this defence. The reason for this may perhaps be two-fold;

*Firstly*, the Court is to administer justice and, therefore, if it feels on the basis of the circumstances of the case that the accused was acting under right of private defence, it must grant him this benefit.

*Secondly*, it is the lawyer who pleads the case on behalf of the accused and if there has been an honest error of judgment on his part with respect to the choice as to which defence is the most appropriate under the circumstances for his client, and the Court feels that the right of private defence should have been pleaded, the error of the lawyer cannot seal the fate of the accused. The principle has even been applied to pleas as *alibi*. If an accused pleads an *alibi* but the Court feels that fact and circumstances clearly establish that he acted in his right of private defence, the Court would give him that benefit.

NOTE: The right of private defence, as the name suggests, is an act of defence and not of offence. Consequently, it cannot be allowed to be used as a shield to justify an aggression. Assumptions without any reasonable basis on the part of the accused about the possibility of an attack do not entitle him to exercise this right.

## धारा 97: शरीर तथा सम्पत्ति की प्राइवेट प्रतिरक्षा का अधिकार

धारा 99 में अंतर्विष्ट निर्बन्धनों के अध्यधीन, हर व्यक्ति को अधिकार है, कि वह–

पहला– मानव शरीर पर प्रभाव डालने वाले किसी अपराध के विरुद्ध अपने शरीर और किसी अन्य व्यक्ति के शरीर की प्रतिरक्षा करे,

दूसरा– किसी ऐसे कार्य के विरुद्ध, जो चोरी, लूट, रिष्टि या आपराधिक अतिचार की परिभाषा में आने वाला अपराध है, या जो चोरी, लूट, रिष्टि या आपराधिक अतिचार करने का प्रयत्न है, अपनी या किसी अन्य व्यक्ति की, चाहे जंगम, चाहे स्थावर सम्पत्ति की प्रतिरक्षा करे।

Section 97: *Right of private defence of the body and property.*

Every person has a right, subject to the restrictions contained in section 99, defend.

*First:* His own body, and the body of any other person, against any offence affecting the human body;

*Secondly:* The property, whether movable or immovable, of himself or of any other person, against any act which is an offence falling under the definition of theft, robbery, mischief or criminal trespass, or which is an attempt to commit theft, robbery, mischief or criminal trespass.

*टिप्पणी*

इस धारा में स्पष्टत: कहा गया है कि हर व्यक्ति को अपने शरीर और सम्पत्ति के साथ-साथ किसी अन्य व्यक्ति के शरीर और सम्पत्ति की प्रतिरक्षा करने का अधिकार हैं परन्तु यह अधिकार संहिता की धारा 99 में अंतर्विष्ट कतिपय निर्बन्धनों या परिसीमाओं के अध्यधीन है। धारा 97 के पहले भाग के अनुसार, हर व्यक्ति को यह अधिकार है, कि वह मानव शरीर पर प्रभाव डालने वाले किसी अपराध के विरुद्ध अपने शरीर और किसी अन्य व्यक्ति के शरीर की प्रतिरक्षा करे। इस धारा के दूसरे भाग के अनुसार, हर व्यक्ति को यह अधिकार है कि वह चोरी, लूट, रिष्टि या आपराधिक अतिचार की परिभाषा में आने वाले आपराधिक कार्य के विरुद्ध, अपनी या किसी अन्य व्यक्ति की जंगम या स्थावर सम्पत्ति की प्रतिरक्षा करे। इस प्रकार, तुलनात्मक रूप से, सम्पत्ति की प्राइवेट प्रतिरक्षा का अधिकार केवल चार अपराधों और उनके प्रयत्नों तक ही सीमित है।

"जहाँ अपनी अवयस्क पुत्री को किसी व्यक्ति द्वारा लैंगिक उत्पीड़न होता देखकर अभियुक्त ने उस व्यक्ति पर हमला कर दिया, तो ऐसी परिस्थिति में भी अभियुक्त को प्राइवेट प्रतिरक्षा

का अधिकार प्राप्त है, और यह तथ्य कि क्या मैथुन उसकी पुत्री की सम्मति से किया जा रहा था अथवा नहीं, महत्वपूर्ण नहीं है।"

*'विधि यह भी नहीं कहती कि किसी आक्रमण को रोकने के लिए अभियुक्त के द्वारा प्रयुक्त बल की मात्रा को सुनहरे तराजू से तौला जाना चाहिए'*

*COMMENT*

This section specifically provides that every person has a right to defend the person and property of his own and that of any other person. The right, however, is subject to certain restrictions or limitations as stated under *section 99* of the Code. The *first part* of *section 97* states that every person has a right to defend his own body and the body of any other person against any offence affecting the human body. The second part of this section states that every person has a right to defend the property, both movable and immovable, of any person including his own, against any act which is an offence falling under the definition of thrft, robbery, mischief or criminal trespass or which is an attempt of any of these. The right of private defence of property is, therefore, comparatively restricted in the sense that it is available only in cases of the four offences mentioned above and their attempts.

Where the accused assaulted the victim on seeing his minor daughter being sexually molested by him, the right of private defence is extendable to such case, and the fact whether sexual intercourse was with or without the consent of the daughter is not material.

*"The law does not require the accused to weigh in golden scales the precise force which is needed to repel an attack."*

## धारा 98: ऐसे व्यक्ति के कार्य के विरुद्ध प्राइवेट प्रतिरक्षा का अधिकार जो विकृत-चित्त आदि हो

जबकि कोई कार्य, जो अन्यथा कोई अपराध होता, उस कार्य को करने वाले व्यक्ति के बालकपन, समझ की परिपक्वता के अभाव, चित्तविकृति या मत्तता के कारण, या उस व्यक्ति के किसी भ्रम के कारण, अपराध नहीं है, तब हर व्यक्ति उस कार्य के विरुद्ध प्राइवेट प्रतिरक्षा का वही अधिकार रखता है जो वह उस कार्य के वैसा अपराध होने की दशा में रखता।

Section 98: *Right of private defence against the act of a person of unsound mind, etc.*

When an act, which would otherwise be a certain offence, is not that offence, by reason of the youth, the want of maturity of understanding, the unsoundness of mind or the intoxication of the person doing that act, or by reason of any misconception on the part of that person, every person has the same right of private defence against that act which he would have if the act were that offence.

*उदाहरण:* य, पागलपन के असर में, क को जान से मारने का प्रयत्न करता है। य किसी अपराध का दोषी नहीं है। किन्तु क को

प्राइवेट प्रतिरक्षा का वही अधिकार है, जो वह य के स्वस्थचित्त होने की दशा में रखता।

Illustration: Z, under the influence of madness, attempts to kill A ; Z is guilty of no offence. But A has the same right of private defence which he would have if Z were sane.

*टिप्पणी*

यह धारा यह सिद्धान्त प्रतिपादित करती है कि प्राइवेट प्रतिरक्षा का अधिकार ऐसे आक्रमणकारियों के विरुद्ध भी प्राप्य है जो मानसिक तौर पर अनहर्ता के कारण कोई क्षति कारित करने के बावजूद भी उसके लिए दोषी नहीं होंगे। दूसरे शब्दों में, यह धारा यह स्पष्ट करती है कि एक सामान्य व्यक्ति को एक सामान्य व्यक्ति के विरुद्ध प्राइवेट प्रतिरक्षा का जितना अधिकार प्राप्त है, उतना ही अधिकार उसे उस व्यक्ति के विरुद्ध भी प्राप्त है, जो भारतीय दण्ड संहिता द्वारा प्रदत्त किसी प्रतिरक्षा के कारण अपने कार्य के लिए दायी नहीं है। प्राइवेट प्रतिरक्षा की विधि सामान्य व्यक्ति द्वारा अथवा असामान्य व्यक्ति द्वारा किसी व्यक्ति के शरीर या सम्पत्ति पर आक्रमण के बीच कोई अन्तर नहीं करती और दोनों ही परिस्थितियों में प्रतिरक्षक को समान अधिकार प्राप्त हैं।

*COMMENT*

This section lays down the principle that the right of private defence is available against such attackers also who may be mentally incapacitated and because of which they themselves may not be liable for any harm which they might cause. In other words, the section says that the same right of private defence as is available to one against another normal person is also available against such other persons who may not be liable for their acts in view of the fact that certain specific defences have been provided to them by the Indian Penal Code. The private defence law does not make a distinction between a normal and non-normal attacker on body or property of any person and in both cases same right is available to the defender.

## धारा 99: कार्य, जिनके विरुद्ध प्राइवेट प्रतिरक्षा का कोई अधिकार नहीं है

यदि कोई कार्य, जिससे मृत्यु या घोर उपहति की आशंका युक्तियुक्त रूप से कारित नहीं होती, सद्भावपूर्वक अपने पदाभास में कार्य करते हुए लोक सेवक द्वारा किया जाता है या किये जाने का प्रयत्न किया जाता है, तो उस कार्य के विरुद्ध प्राइवेट प्रतिरक्षा का कोई अधिकार नहीं है, चाहे वह कार्य विधि अनुसार सर्वथा न्यायानुमत न भी हो।

यदि कोई कार्य, जिससे मृत्यु या घोर उपहति की आशंका युक्तियुक्त रूप से कारित नहीं होती, सद्भावपूर्वक अपने पदाभास में कार्य करते हुए लोक सेवक के निदेश से किया जाता है, या किये जाने का प्रयत्न किया जाता है, तो उस कार्य के विरुद्ध प्राइवेट प्रतिरक्षा का कोई अधिकार नहीं है, चाहे वह निदेश विधि-अनुसार सर्वथा न्यायानुमत न भी हो।

उन दशाओं में, जिनमें सुरक्षा के लिए लोक प्राधिकारियों की सहायता प्राप्त करने के लिए समय है, प्राइवेट प्रतिरक्षा का कोई अधिकार नहीं है।

Section 99: *Acts against which there is no right of private defence.*

There is no right of private defence against an act which does not reasonably cause the apprehension of death or of grievous hurt, if done, or attempted to be done, by a public servant acting in good faith under colour of his office, though that act, may not be strictly justifiable by law.

There is no right of private defence against an act which does not reasonably cause the apprehension of death or of grevious hurt, if done, or attempted to be done, by the direction of a public servant acting in good faith under colour of his office though that direction may not be strictly justifiable by law.

Threre is no right of private defence in cases in which there is time to have recourse to the protection of the public authorities.

*इस अधिकार के प्रयोग का विस्तार–*

किसी दशा में भी प्राइवेट प्रतिरक्षा के अधिकार का विस्तार उतनी अपहानि से अधिक अपहानि करने पर नहीं है, जितनी प्रतिरक्षा के प्रयोजन से करनी आवश्यक है।

*स्पष्टीकरण 1:–* कोई व्यक्ति किसी लोक सेवक द्वारा ऐसे लोक सेवक के नाते किए गए, या किए जाने के लिए प्रयतित, कार्य के विरुद्ध प्राइवेट प्रतिरक्षा के अधिकार से वंचित नहीं होता, जब तक कि वह यह न जानता हो, या विश्वास करने का

कारण न रखता हो कि उस कार्य को करने वाला व्यक्ति ऐसा लोक सेवक है।

*स्पष्टीकरण 2:-* कोई व्यक्ति किसी लोक सेवक के निदेश से किए गए, या किये जाने के लिए प्रयतित, किसी कार्य के विरुद्ध प्राइवेट प्रतिरक्षा के अधिकार से वंचित नहीं होता, जब तक कि वह यह न जानता हो, या विश्वास करने का कारण न रखता हो, कि उस कार्य को करने वाला व्यक्ति ऐसे निदेश से कार्य कर रहा है, या जब तक कि वह व्यक्ति इस प्राधिकार का कथन न कर दे, जिसके अधीन वह कार्य कर रहा है, या यदि उसके पास लिखित प्राधिकार है, जो जब तक कि वह ऐसे प्राधिकार को मांगे जाने पर पेश न कर दे।

*Extent to which the right may be exercised.*

The right of private defence in no case extends to the inflicting of more harm than it is necessary to inflict for the purpose of defence.

*Explanation 1*:- A person is not deprived of the right of private defence against an act done, or attempted to be done, by a public servant, as such, unless he knows or has reason to believe, that the person doing the act is such public servant.

*Explanation 2*:- A person is not deprived of the right of private defence against an act done, or attempted to be done, by the direction of a public servant, unless he knows, or has reason to believe, that the person doing the act is acting by such direction, or unless such person states the authority under which he acts, or if he has authority in writing, unless he produces such authority, if demanded.

*टिप्पणी*

यह धारा इन निर्बंधनों या परिसीमाओं से सम्बंधित है जो प्राइवेट प्रतिरक्षा के अधिकार पर रखी गई है। दूसरे शब्दों में, यह धारा कतिपय मूल सिद्धांतों को प्रतिपादित करती है, जिन्हें प्राइवेट प्रतिरक्षा के मामलों में निर्णय देते समय सर्वदा ध्यान में रखा जाना चाहिए।

'प्राइवेट प्रतिरक्षा का अधिकार प्रतिरक्षा का अधिकार है, दुर्व्यवहार का नहीं, और इसलिए, प्रतिरक्षक को सर्वदा युक्तियुक्त बल का ही प्रयोग करना चाहिए।'

'प्राइवेट प्रतिरक्षा का अधिकार एक सामाजिक उद्देश्य को पूरा करता है, इस अधिकार का निर्वचन उदारतापूर्वक किया जाना चाहिए, ऐसा अधिकार न केवल दुश्चरित्र लोगों पर रोक लगाने का प्रभाव डालेगा, वरन स्वतन्त्र नागरिक में सही उत्साह का संचार भी करेगा।'

*COMMENT*

This section deals with the general restrictions or limitations which have been put on the right of private defence. In other words, this section lays down certain basic principles which must always be kept in mind while dealing with this defence.

'The right of private defence is a right of defence and not of offence, and consequently, the force applied by the defender must always be reasonable.'

"The right of private defence serves a social purpose and that right should be liberally construed. Such a right not only will be a restraining influence on bad characters, but it will encourage the right spirit in a free citizen."

## धारा 100: शरीर की प्राइवेट प्रतिरक्षा के अधिकार का विस्तार मृत्यु कारित करने पर कब होता है

शरीर की प्राइवेट प्रतिरक्षा के अधिकार का विस्तार, पूर्ववर्ती अन्तिम धारा में वर्णित निर्बंधनों के अधीन रहते हुए, हमलावर की स्वेच्छया मृत्यु कारित करने या कोई अन्य अपहानि कारित करने तक है, यदि वह अपराध, जिसके कारण उस अधिकार के प्रयोग का अवसर आता है, ऐत्स्मिन पश्चात् प्रगणित भांतियों में से किसी भी भांति का है,

अर्थात्-

*पहला-* ऐसा हमला जिससे युक्तियुक्त रूप से यह आशंका कारित हो कि अन्यथा ऐसे हमले का परिणाम मृत्यु होगा;

*दूसरा-* ऐसा हमला जिससे युक्तियुक्त रूप से यह आशंका कारित हो कि अन्यथा ऐसे हमले का परिणाम घोर उपहति होगा;

*तीसरा-* बलात्संग करने के आशय से किया गया हमला;

*चौथा-* प्रकृति विरुद्ध काम तृष्णा की तृप्ति के आशय से किया गया हमला;

*पाँचवा-* व्यपहरण या अपहरण करने के आशय से किया गया हमला;

*छठा*– इस आशय से किया गया हमला कि किसी व्यक्ति का ऐसी परिस्थितियों में सदोष परिरोध किया जाए, जिनसे उसे युक्तियुक्त रूप से यह आशंका कारित हो कि वह अपने को छुड़वाने के लिए लोक प्राधिकारियों की सहायता प्राप्त नहीं कर सकेगा।

Section 100: *When the right of private defence of the body extends to causing death.*

The right of private defence of the body extends, under the restrictions mentioned in the last preceding section, to the voluntary causing of death or of any other harm to the assailant, if the offence which occasions the exercise of the right to be of any of the descriptions hereinafter enumerated, namely.

*First:* Such an assault as may reasonably, cause the apprehension that death will otherwise be the consequence of such assault;

*Secondly:* Such an assault as may reasonably cause the apprehension that grievous hurt will otherwise be the consequence of such assault;

*Thirdly:* An assault with the intention of committing rape;

*Fourthly:* An assault with the intention of gratifying unnatural lust;

*Fifthly:* An assault with the intention of kidnapping or abducting;

*Sixthly:* An assault with the intention of wrongfully confining a person, under circumstances which may reasonably cause him to apprehend that he will be unable to have recourse to the public authorities for his release.

## धारा 101: कब ऐसे अधिकार का विस्तार मृत्यु से भिन्न कोई अपहानि कारित करने तक का होता है

यदि अपराध पूर्वगामी अन्तिम धारा में प्रगणित भांतियों में से किसी भांति का नहीं है, तो शरीर की प्राइवेट प्रतिरक्षा के अधिकार का विस्तार हमलावर की मृत्यु स्वेच्छया कारित करने तक का नहीं होता, किन्तु इस अधिकार का विस्तार धारा 99 में वर्णित निबन्धनों के अध्यधीन हमलावर की मृत्यु से भिन्न कोई अपहानि स्वेच्छया कारित करने तक का होता है।

Section 101: *When such right extends to causing any harm other than death.*

If the offence is not of any of the descriptions enumerated in the last preceding section, the right of private defence of the body does not extend to the voluntary causing of death to the assailant, but does extend under the restrictions mentioned in section 99, to the voluntary causing to the assailant of any harm other than death.

# धारा 102: शरीर की प्राइवेट प्रतिरक्षा के अधिकार का प्रारम्भ और बने रहना

शरीर की प्राइवेट प्रतिरक्षा का अधिकार उसी क्षण प्रारम्भ हो जाता है, जब अपराध करने के प्रयत्न या धमकी से शरीर के संकट की युक्तियुक्त आशंका पैदा होती है, चाहे वह अपराध किया न गया हो, और वह तब तक बना रहता है जब तक शरीर के संकट की ऐसी आशंका बनी रहती है।

Section 102: *Commencement and continuance of the right of private defence of the body.*

The right of private defence of the body commences as soon as reasonable apprehension of danger to the body arises from an attempt or threat to commit the offence though the offence may not have been commited; and it continues as long as such apprehension of danger to the body continues.

*टिप्पणी*

चूंकि यह अधिकार प्रतिरक्षा का अधिकार है, इसलिए यह केवल आसन्न अविधिक हमले से सुरक्षा करने के लिए प्राप्त है, हमलावर को दंडित करने के लिए नहीं। चूंकि आशंका वास्तविक होनी चाहिए काल्पनिक नहीं, अतः किसी अपराध का प्रयत्न या उसकी धमकी अवश्य होनी चाहिये। धमकी से उपस्थिति और आसन्न संकट अवश्य उत्पन्न होना चाहिए, दूरवर्ती या सुदूर खतरा नहीं। इस अधिकार का विस्तार उस मामले में नहीं होता जहाँ आशंका समाप्त हो जाने के पश्चात् भी वार किये जाएँ।

*COMMENT*

Since it is a right of defence, it is available for protecting an apprehended unlawful attack and not for punishing an aggressor. Since the apprehension has to be real and not imaginary an offence must have been attempted or threatened. The threat must give rise to a present and imminent, and not remote or distant, danger. The right does not extent to a case where blows are inflicted even after the apprehension has ended.

## धारा 103: कब सम्पत्ति की प्राइवेट प्रतिरक्षा के अधिकार का विस्तार मृत्यु कारित करने तक का होता है

सम्पत्ति की प्राइवेट प्रतिरक्षा के अधिकार का विस्तार, धारा 99 में वर्णित निबन्धनों के अध्यधीन दोषकर्ता की मृत्यु या अन्य अपहानि स्वेच्छया कारित करने तक का है, यदि वह अपराध जिसके किये जाने के, या किये जाने के प्रयत्न के कारण उस अधिकार के प्रयोग का अवसर आता है, एतस्मिनपश्चात् प्रगणित भांतियों में से किसी भांति का है,

अर्थात्:-

*पहला*- लूट,

*दूसरा*- रात्रो गृह-भेदन,

*तीसरा*- अग्नि द्वारा रिष्टि, जो किसी ऐसे निर्माण, तम्बू या जलयान को की गई है, जो मानव आवास के रूप में या सम्पत्ति की अभिरक्षा के स्थान के रूप में उपयोग में लाया जाता है।

*चौथा*- चोरी, रिष्टि या गृह अतिचार, जो ऐसी परिस्थितियों में किया गया है, जिनसे युक्तियुक्त रूप से यह आशंका कारित हो कि यदि प्राइवेट प्रतिरक्षा के ऐसे अधिकार का प्रयोग न किया गया तो परिणाम मृत्यु या घोर उपहति होगा।

Section 103: *When the right of private defence of property extends to causing death.*

The right of private defence of property extends, under the restrictions mentioned in section 99, to the voluntary causing of death or of any other harm to the wrong doer, if the offence, the committing of which or the attempting to commit which, occasions the exercise of the right, be an offence of any of the descriptions hereinafter enumerated, namely:-

*First*: Robbery;

*Secondly*: House-breaking by night;

*Thirdly*: Mischief by fire committed on any building, tent or vessel, which building, tent or vessel is used as a human dwelling, or as a place for the custody of property;

*Fourthly*: Theft, mischief, or house-trespass, under such circumstances as may reasonably cause apprehension that death or grevious hurt will be the consequence, if such right of private defence is not exercised.

# धारा 104: ऐसे अधिकार का विस्तार मृत्यु से भिन्न कोई अपहानि कारित करने तक का कब होता है

यदि वह अपराध, जिसके किये जाने या जिसके किये जाने के प्रयत्न से प्राइवेट प्रतिरक्षा के अधिकार के प्रयोग का अवसर आता है, ऐसी चोरी, रिष्टि या आपराधिक अतिचार है, जो पूर्वगामी अन्तिम धारा में प्रगणित भांतियों में से किसी भांति का न हो, तो उस अधिकार का विस्तार स्वेच्छया मृत्यु कारित करने तक का नहीं होता, किन्तु उसका विस्तार धारा 99 में वर्णित निर्बंधनों के अध्यधीन दोषकर्ता की मृत्यु से भिन्न कोई अपहानि स्वेच्छया कारित करने तक का होता है।

Section 104: *When such right extends to causing any harm other than death.*

If the offence, the committing of which, or the attempting to commit which, occasions the exercise of the right of private defence, be theft, mischief, or criminal trespass, not of any of the descriptions enumerated in the last preceding section, that right does not extend to the voluntary causing of death, but, does extend, subject to the restrictions mentioned in section 99, to the voluntary causing to the wrong doer of any harm other than death.

# धारा 105: सम्पत्ति की प्राइवेट प्रतिरक्षा के अधिकार का प्रारम्भ और बना रहना

सम्पत्ति की प्राइवेट प्रतिरक्षा का अधिकार तब प्रारम्भ होता है, जब सम्पत्ति के संकट की युक्तियुक्त आशंका प्रारम्भ होती है।

सम्पत्ति की प्राइवेट प्रतिरक्षा का अधिकार चोरी के विरुद्ध अपराधी के सम्पत्ति सहित पहुँच से बाहर हो जाने तक अथवा या तो लोक प्राधिकारियों की सहायता अभिप्राप्त कर लेने या सम्पत्ति प्रत्युद्धृत हो जाने तक बना रहता है। सम्पत्ति की प्राइवेट प्रतिरक्षा का अधिकार लूट के विरुद्ध तब तक बना रहता है, जब तक अपराधी किसी व्यक्ति की मृत्यु या उपहति, या सदोष अवरोध कारित करता रहता या कारित करने का प्रयत्न करता रहता है, अथवा जब तक तत्काल मृत्यु का, या तत्काल उपहति का, या तत्काल वैयक्तिक अवरोध का, भय बना रहता है।

सम्पत्ति की प्राइवेट प्रतिरक्षा का अधिकार आपराधिक अतिचार या रिष्टि के विरुद्ध तब तक बना रहता है, जब तक अपराधी आपराधिक अतिचार या रिष्टि करता रहता है।

सम्पत्ति की प्राइवेट प्रतिरक्षा का अधिकार रात्रो-गृह भेदन के विरुद्ध तब तक बना रहता है, जब तक ऐसे गृह भेदन से आरम्भ हुआ गृह-अतिचार होता रहता है।

Section 105: *Commencement and continuance of the right of private defence of property.*

The right of private defence of property commences when a reasonable apprehension of danger to the property commences.

The right of private defence of property against theft continues till the offender has affected his retreat with the property or either the assistance of the public authorities is obtained, or the property has been recovered.

The right of private defence of property against robbery continues as long as the offender causes or attempts to cause to any person death or hurt or wrongful restraint or as long as the fear of instant death or of instant hurt or of instant personal restraint continues.

The right of private defence of property against criminal trespass or mischief continues as long as the offender continues in the commission of criminal trespass or mischief.

The right of private defence of property against house-breaking by night continues as long as the house-trespass which has been begun by such house-breaking continues.

## धारा 106: घातक हमले के विरुद्ध प्राइवेट प्रतिरक्षा का अधिकार, जबकि निर्दोष व्यक्ति को अपहानि होने का जोखिम हो

जिस हमले से मृत्यु की आशंका युक्तियुक्त रूप से कारित होती है, उसके विरुद्ध प्राइवेट प्रतिरक्षा के अधिकार का प्रयोग करने में यदि प्रतिरक्षक ऐसी स्थिति में हो कि निर्दोष व्यक्ति की अपहानि की जोखिम के बिना वह उस अधिकार का प्रयोग

कार्यसाधक रूप से न कर सकता हो, तो उसके प्राइवेट प्रतिरक्षा के अधिकार का विस्तार वह जोखिम उठाने तक का है।

Section 106: *Right of private defence against deadly assault when there is risk of harm to innocent person.*

If in the exercise of the right of private defence against an assault which reasonably causes the apprehension of death, the offender be so situated that he cannot effectually exercise that right without risk of harm to an innocent person, his right of private defence extends to the running of that risk.

*उदाहरण:*- क पर एक भीड़ द्वारा आक्रमण किया जाता है, जो उसकी हत्या करने का प्रयत्न करती है। वह उस भीड़ पर गोली चलाए बिना प्राइवेट प्रतिरक्षा के अपने अधिकार का प्रयोग कार्यसाधक रूप से नहीं कर सकता, और वह भीड़ में मिले हुए छोटे-छोटे शिशुओं को अपहानि करने की जोखिम उठाये बिना गोली नहीं चला सकता यदि वह इस प्रकार गोली चलाने से उन शिशुओं में से किसी शिशु की अपहानि करे तो क कोई अपराध नहीं करता।

*Illustration:* A is attacked by a mob who attempt to murder him. He cannot effectually exercise his right of private defence without firing on the mob, and he cannot fire without risk of harming young children who are mingled with the mob. A commits no offence if by so firing he harms any of the children.

## Last but not the Least

ऐसा लग रहा है कि मैं यहाँ लिख नहीं रहा हूँ बल्कि आमने-सामने आपसे बात कर रहा हूँ और ऐसा इसलिए है कि मैंने दिल से अपनी तरफ से यह पाक और इमानदार प्रयास किया है और यह चाहता हूँ कि अब हमारी एक भी और बेटी-माँ-बहन और कोई भी मासूम किसी की दरिन्दगी और नापाक इरादों का शिकार ना होने पाए और मेरा यह विश्वास है कि एक बार भी इस किताब को पूरा पढ़ लेने पर आपकी और हमारी जिन्दगी में शर्तिया तौर पर परिवर्तन आयेगा ही आयेगा।

क्योंकि यह वह ज्ञान और समझ है जिसे पाकर हमारी बच्चियाँ और बच्चे एक असीम आत्मविश्वास और सकारात्मक ऊर्जा से सराबोर होंगे और यह आत्मविश्वास जीवनभर उनके साथ एक ब्रह्मास्त्र की तरह उनका साथ निभाएगा। शुरू में हमारे बच्चियों/बच्चों को हमें यह कहें तो जबरदस्ती या विवशता के साथ यह ज्ञान और समझ देनी होगी। पर मेरा विश्वास है कि एक दिन यही बच्चे/बच्चियाँ आपका शुक्रिया अदा करेंगे कि आपने इस किताब और विषय को उनके पाठ्यक्रम और परवरिश में शामिल किया और उन्हें मुहैया करवाया।

अन्त में एक बार फिर सार रूप में मैं आपको स्मरण करवा देना मेरा फर्ज समझता हूँ कि समाज को अपराध मुक्त करना मुश्किल जरूर है पर नामुमकिन नहीं और एक श्रंखला-बद्ध (Chain) रूप में हम इसे रोक सकते हैं जिसके तीन चरण हैं-

1) सबसे पहले हमें स्वयं में सुदृढ़, ताकतवर और आत्मविश्वासी बनना है और हर हमले के विरुद्ध तैयार रहना है, लड़ना है, मुँहतोड़ जवाब देना है।

2) दूसरा जो कोई भी अपराध होते देखे, महसूस करे तो तुरन्त खुद को Involve करे और जितना भी सम्भव हो अपनी ओर से सहायता करे, पुलिस को सुचना दें, लोगों को इकट्ठा करें। जैसे भी, अपनी सामर्थ्य अनुसार कुछ भी, पर करें जरूर और अपनी निष्क्रियता से बचें।

3) फिर अंत में, जो प्रशासन है पुलिस, न्यायालय, अस्पताल, अखबार, वह सब न्यायप्रिय व्यवहार करें। न्याय को प्रसारित और प्रचारित करें और त्वरित कार्यवाही करें। अखबार समाज के सामने इसकी इतनी भर्त्सना करें कि आत्म-ग्लानि हो उठे।

यह शृंखला जितनी जिम्मेदारी और मुस्तैदी से चलेगी, समाज से अपराध का नामो-निशां खत्म हो जायेगा।

# आभार

मैं आपका तहे दिल से आभारी हूँ कि आपने इस रचना को पढने और इस विषय पर गौर करने के लिए अपना बेशकीमती वक्त दिया। मैं इस रचना के माध्यम से एक बार फिर आपसे हाथ जोड़कर विनती और अनुरोध करता हूँ कि आज हम जिस समाज में रह रहे हैं, वहाँ तक पहुँचने में हमारे पूर्वजों, देश के कर्णधारों ने बहुत बलिदान, त्याग किये हैं और हमारे महान् देश 'भारत' के कानून निर्माताओं ने 'आत्मरक्षा' के विषय को गढ़ने और इसके प्रति कानून बनाने के लिए बहुत मेहनत और परिश्रम किया है और आज तक हमारे अनगिनत मासूम बच्चे/बच्चियों ने अपने इस 'आत्मरक्षा' के हक़ और अधिकार और इसकी सीमाओं की जानकारी के आभाव में, विषम परिस्थितियों में अपने लिए बिना एक अन्तिम प्रयास किये, लड़े अपराधियों के सामने हार मानी है और अपनी कीमती जिन्दगी को तार-तार होने से बचा नहीं पाए हैं।

पर अब बस... अब और नहीं। अब हम सबको ये प्रण लेना है कि हम खुद के प्रति भी और हमारे बच्चियों और बच्चों को भी अपने आत्मरक्षा के तमाम् हक़, अधिकार और कानून द्वारा दी गई रियायत और की गई व्यवस्था के प्रति जागरुक होंगे और करेंगे और जीवन में कभी भी किसी भी परिस्थिति में बिना लड़े अन्त तक हार नहीं मानेंगे और हर विषम परिस्थिति में, हर कीमत पर खुद को और जहाँ तक संभव हो किसी और को भी बचाएँगे और समाज के प्रति अपनी सम्पूर्ण जिम्मेदारी निभाएँगे।

समाज को पूर्णतया अपराध मुक्त करने के दो तरीके हैं, जहाँ अपराधियों और अपराध को नियंत्रित करना है, वहीं हम इसका शिकार ना हों इसके लिए हमें खुद को प्रशिक्षित और मजबूत बनाना है...

आपकी जीवन यात्रा सफल हो और आपको जीवन रूपी खजाने से हर खुशी और सम्पन्नता मिले, इसी दुआ के साथ धन्यवाद!

# Phrases

1) 'आत्मरक्षा' से Generally विपरीत परिस्थिति में अपनी रक्षा करने के लिए कुछ शारीरिक दावपेच सीखने से लगाया जाता है। अगर आप भी ऐसा ही सोचते हैं तो सबसे पहले यह किताब आपके लिए है।

2) *Every thing is "Self Defence":-* आपके स्वयं के साथ-साथ अन्य के भी शरीर, आत्मा, विचार, सपनों, भावनाओं, तमाम् हक़, अधिकार और कर्तव्यों की आपकी अंतिम साँस तक रक्षा करना ही 'आत्मरक्षा' है।

3) *अपराधी:-* जिस दिन और जिस समय आपके विचार दूषित हुए उसी वक्त अपने विचार को बचाने की आत्मरक्षा।

*पीड़ित:-* जिस भी दिन और जिस भी पल कुछ गलत की शुरुआत हुई उसी पल उसका विरोध करने और न कहने की आत्मरक्षा।

*समाज:-* जिस भी पल कुछ बुरा होते हुए देखा, खुद को उससे बचकर भागने न देने की जिम्मेदारी की आत्मरक्षा।

4) दुनिया की कोई भी लड़ाई धरातल पर और हथियारों से लड़ने से पहले अपने दिमाग, सोच और विचारों में लड़ी जाती है और यहीं पर जीती और हारी जाती है।

5) IPC की धारा 96 से 106 जो केवल 'आत्मरक्षा/आत्मप्रतिरक्षा' के बारे में न केवल व्यावहारिक बल्कि कानूनी ज्ञान

करवाती हैं और इनके बारे में जानना न केवल हर भारतीय का हक़ है बल्कि आज समय की सबसे बड़ी मांग और जरूरत भी।

6) आप दो-चार लोगों से तो लड़ सकते हैं पर जब लड़ाई सदियों पुरानी मान्यताओं और पूरे समाज से हो तो लड़ाई अलग स्तर पर लड़ी जाती है और वह भी पूरी तैयारी के साथ। मेरी यह किताब इसी अभियान की शुरुआत है।

7) सूर्य के प्रकाश की तरह आत्मरक्षा के ज्ञान, मांग और इस लड़ाई को प्रकृति के अंतिम छोर तक पहुँचा दो अगर अब हम हमारे देश और समाज में एक भी और 'निर्भया' हादसा नहीं चाहते।

8) दुनिया का सबसे बड़ा दान होता है शिक्षा का दान और 'आत्मरक्षा' की शिक्षा का दान समाज को एक नई और क्रांतिकारी दिशा देगा।

9) आप किसी भी जरूरतमंद को अपनी तरफ से जो सबसे बड़ी चीज दे सकते हैं वह है विश्वास की ताकत कि, "जा मैं हूँ तेरे साथ, डर मत, मर मत, घबरा मत, टूट मत, खड़ा हो, एक बार फिर से दुनिया को अपनी आग से और अपने अन्दर की उस ताकत से रूबरू कराने के लिए जिससे सिर्फ आप वाकिफ हैं।" मेरी यह किताब आपके जीवन में यही Role Play करती है।

10) शब्दों में बड़ी ताकत होती है। इन शब्दों से तो न केवल भारत बल्कि दुनिया के कई देश गुलामी से बाहर आ गये। इन्हीं शब्दों की ताकत से एक इन्सान कलेक्टर, मिनिस्टर, अध्यापक, डॉक्टर, इंजीनियर, वकील, जज़ और क्या-क्या बन जाता है।

इन्हीं शब्दों की ताकत से मैं मेरे समाज और मेरे देश से इस 'अपराध' रूपी बीमारी को जड़ से खत्म करने की कसम लेता हूँ और मुझे पूरा विश्वास है कि एक दिन ऐसा हो जायेगा। अगर आप साथ दें और इस पवित्र अभियान में मेरे साथ आ जाएँ।

धन्यवाद!

# कुछ लेखक के बारे में

## एडवोकेट रविन्द्र सिंह लाम्बा

**जन्म** सितंबर 30, 1981

**जन्मस्थान** पिलानी, राजस्थान

Email: ravindrasinghlamba@gmail.com

रविन्द्र सिंह लाम्बा एक प्रसिद्ध वकील हैं जो क्रेफाइट फाइनेंस कंसल्टेंट प्राइवेट लिमिटेड में स्व-नियोजित हैं। राजस्थान में स्थित वह लाम्बा टावर्स के मालिक भी हैं। वह एक बहुत ही मददगार और प्रतिष्ठित व्यक्ति हैं जिन्हें क्रिकेट खेलना पसंद है।

लाम्बा हमेशा से जीवन में कुछ सार्थक करना चाहते थे और इस भावना ने उनकी पहली पुस्तक का निर्माण किया, जो समाज में व्याप्त अपराध की बुरी प्रकृति और आत्म-रक्षा के उपायों के बारे में बात करती है। उनके अनुसार यह पुस्तक अपराध के दर को नियंत्रित करने के लिए आवश्यक है।

# CROWD-FUNDERS

(NAMES LISTED ALPHABETICALLY)

- Abhijeet Patil
- Aditi Arha
- Aditya Shelke
- Akhil Choudhary
- Alok Sharma
- Amit Sharma
- Amit Kumar
- Anil Koli
- Anirudh Bhardwaj
- Anshuman Shekhawat
- Aparna Kaswan
- Aparna Saini
- Ashok Sehra Meena
- Meenakshi Pancholi
- Balasaheb Jadhav
- Birbal Kumawat
- Dastgeer Khan
- Devendra Kumar
- Dr Arun Poonia
- Gautamkumar Desai
- Gourav Sharma
- Harish Mittal
- Himmat Rathore
- Jaideep Jha
- Jayesh Burande
- Jeet Ram Choudhary
- Jitender Shyoran
- Kanchan Dhillan
- Kapil Sharma
- Kapil Sheoran
- Karishma Oza
- Karmveer Kumawat
- Krishna Abusaria
- Maharani Girls College Rampura
- Mahendra Choudhary
- Mahesh Kumar
- Mahesh Karande
- Mamta Vyas
- Manjeet Kumar
- Mayank Lingwal
- Meenakshee Bulaniya
- Meenakshi Pareek
- Milap Poonia
- Mohammed Farooq Khan Advocate
- Mohasin Shikalgar
- Nand Kishore Sain
- Navdeep Singh
- Neetu Neetu
- Nisha Beniwal
- Omkar Patil
- Pankaj Kumar
- Pankaj Mittal
- Pooja Jhajharia
- Pourush Dan Charan

- Pramod Kumar
- Pramod Poonia
- Prashant Jain
- Pratik Patil
- Prerana Kaler
- Pritam Singh
- Rahul Chougule
- Raj Kumar Midha
- Rajesh Kumar
- Rajkumar Beniwal
- Rajpal Rajpal
- Rakesh Kumar Poonia
- Rakesh Mitharwal
- Rakesh Panghal
- Ravi Kumar
- Reena Yadav
- Ridhima Latkar
- Rohan Surve
- Rohit Bhale
- Ruchika Lautre
- Sachin Deshmukh
- Saheb Singh
- Sahil Arora
- Saiyad Ali
- Sandeep Mahla
- Satbir Singh
- Satyendra Jhajharia
- Shailesh Zawar
- Sheela Meena
- Shraddha Sawant
- Simran Sihag
- Soni Paswan
- Subhendu Mukherjee
- Sudhindar Moond
- Sumanlata Saini
- Sunil Sureka
- Suraj Garg
- Surendra Dhaka
- Sushant Yadav
- Susheel Kumar
- Swaroop Patil
- Tirupati Ola
- Ved Poonia
- Vijay Hudda
- Vikas Chandra
- Vikash Sharma
- Viki Ganwani
- Vikram Kamble
- Vishal Neriya
- V P Singh Naruka

# आत्मरक्षा...

## मेरा हक किसी भी कीमत पर

### एडवोकेट रविन्द्र सिंह लाम्बा

सुझाव और अनुभूतियों के लिए
आप लेखक को निम्नलिखित पते पर
सम्पर्क कर सकते हैं -

ई-मेल: ravindrasinghlamba@gmail.com

पता: Lamba Tower, Opp. B.K.B.I.E.T. Institute,
Pilani (Jhunjhunu) Rajasthan 333031

# Your Experiences

www.ingramcontent.com/pod-product-compliance
Lightning Source LLC
LaVergne TN
LVHW060457051026
849518LV00002B/800

*9788194130000*